CLASSIC

當代大師
文學經典

枯枝敗葉

Gabriel García Márquez
LA HOJARASCA

加布列·賈西亞·馬奎斯 著
葉淑吟 譯

各大權威媒體盛讚不已！

馬奎斯具有非凡的魔力和想像力，他的寫作沉著冷靜，並確切地知道自己能夠實現什麼樣的奇蹟。

書中奇妙的種種，都發生在馬奎斯生長的土地。

他就像愛默生、愛倫・坡、霍桑，

每句話都能劃破空虛巨大的寂靜。

他名揚世界的「孤獨」，不僅代表故事主角無意識中的絕望，同時也是馬奎斯天才標誌的象徵！

——**紐約時報／阿爾弗雷德・卡津**

對於馬奎斯來說，世界包含了生存所需的謎團，
那些我們無法理解的奇蹟，
代表著人類所不知道的力量。
《枯枝敗葉》融合了馬奎斯早期與晚期的作品風格，
這部作品值得我們敬重，這名作者需要我們賀讚！

——**新聞週刊／彼得・普雷斯科特**

《枯枝敗葉》書寫的是對於榮譽、
責任和羞恥的不同觀感……
這是馬奎斯所有小說中自傳色彩最濃厚的一本書。

——**文學評論家／傑拉德・馬汀**

馬奎斯翻攪他位在加勒比海的領地——馬康多的塵土，此刻，上帝與香蕉公司被棄置於角落，不再被需要……與往常一樣，作者的想像力充滿了奇蹟！

——**寇克斯評論**

【導讀】

枯枝敗葉──馬奎斯對馬康多的第一重詛咒

作家／廖偉棠

馬奎斯在二十多歲所寫的《枯枝敗葉》，當年只賣出三百本的初試啼聲之作，實際上是日後他名震天下的《百年孤寂》的一個小序曲。也可以說是縮微版的《百年孤寂》，因為後者的諸種元素都能在這裡找到：千日戰爭的殘酷後遺症、馬康多鎮的盛衰、香蕉公司的壓榨、特立獨行的人、執念與絕望……

同樣，《枯枝敗葉》裡這個執著於安葬一個失敗者的上校，也是《百年孤寂》裡的波恩地亞上校、《沒有人寫信給上校》裡那個說明天吃屎的上校以及許多其他上校。

一個大師級的作家總是從一開始就擁有自己的小宇宙，在這個由不知何來何去的枯葉包圍的小宇宙中，怪咖或者聖愚總能惺惺相惜（在本書裡是醫生、上校和神父「狗崽」），合力支撐這一艘愚人船駛向末日。但這一滑稽景象，薰染著一點唐吉訶德的色彩，竟也慢慢有了變徵之音，讓人愴然。

執著於埋葬一個被馬康多人視為異端的自殺者，這一舉動就是整個故事的悲劇起點，也是終點，因為馬奎斯正是從此倒敘出諸多業障——就像他每當寫及那堆落葉漩渦時，他會動用史詩兼哀歌的語調，彷彿那不是衰敗的象徵，而是人類一切偉業惡業、Karma本身。業起業滅，迴旋不息，馬康多的過客也不能逃之例外。

要理解被用作全書楔子的《安蒂岡妮》的片段，才能理解老上校這一執著，這不只是因為一個承諾。古希臘戲劇裡，安蒂岡妮堅決要安葬被禁止下葬的兄長波呂尼克斯，宣稱神的律法高於人的律法，這一行為既叫人動容又叫人迷惑，因為其背後洋溢著亂倫的氣息。但做為作家，馬奎斯的任務不是去解答這一迷惑，而是增加這迷惑的複雜性，讓我們重新認識人類行為當中那些無法理喻的悲劇時刻。

於是，在一個自殺者等待下葬的禮拜三午後，時間重疊、蔓生，濃縮進了伊莎貝爾一家的命運、醫生與梅妹的命運、馬康多的命運、哥倫比亞內戰乃至悲慘的拉丁美洲的命運。這一切都是一點一點吝嗇地披露，你不得不驚嘆一個新手能有如此節制的能耐。

正是在此高度節制下，後來展開的老上校的深情傾訴才如此驚豔、如此心醉神迷。老上校回憶起他跟醫生在長廊上最後一次對話，緊接在伊莎貝爾回憶與馬汀的初夜之後，刻意細緻曖昧，簡直像在誤導讀者想像一種愛慾，《春光乍洩》裡黎耀輝與何寶榮在布宜諾斯艾利斯的愛慾。

「草蛇灰線，伏脈千里。注此寫彼，手揮目送。」沒有什麼比這幾句古代中文更能描摹馬奎斯小說布局的魅力。這可以是神秘的跨文本的呼應，小說開篇就寫道這是我第一回看屍體，必然讓我們想起《百年孤寂》著名的開頭，波恩地亞上校回想起父親帶他第一次看冰。

這也可以是若即若離的埋伏，比如當上校的外孫看到火車，某種慾望隱約升起，「『亞伯拉罕。』我心想。」這句話突兀飄過，直到夢幻般的第四章，這個亞伯拉罕才帶著性啟蒙的曖昧恍惚再次出現。

這一幕在文風上致敬馬奎斯最崇敬的拉美作家胡安·魯爾福的《佩德羅·巴拉莫》（又譯作《人鬼之間》），最早出現坐在他外祖父椅子上的鬼魂如此像人，最後登場的醫生與鬼無異，中間是青春期前夕的男孩們有一搭無一搭的詩般對話，出離這人間的窘迫。

和這些「鬼話」一樣反覆出現的，還有馬康多在禮拜三的「逢魔時刻」，時間被固體化，直到「爸爸走進房間，兩個時間再一次合而為一；對切兩半的時間牢牢地結合」，這又呼應了前面亞伯拉罕「觸水的剎那，水彷彿又變回液體」。其實都是馬奎斯手到擒來的語言魔術。

以一具屍體的形態充當了男主角的這位連名字都不得而知的醫生，是本書最大的魔術。我們只知道他曾經與波恩地亞上校共同戰鬥，此外他唯一的特徵是不吃飯只吃草，什麼草？「騾子吃的那種青草。」——因此我們可知這是一個決心要與人類劃清界線的「非人」，他日後在馬康多的種種行徑也說明了他的決心。

那麼他到底是誰，是什麼鑄造了他的決絕？「艾黛萊妲帶著淒淒的微笑說：『如果我承認，當我看見他站在角落，手裡拿著這個音樂盒，把他當作誰，你可能會笑我。』她舉起手指，指向二十四年前看見他站的那個空蕩蕩位置，腳上一雙長靴，身上穿的似乎是一套軍服。」小說點到即止。

馬奎斯後來在他的回憶錄《番石榴飄香》中說出答案「雖然小說裡沒有明說，但是我內心深處很清楚，她認為他就是烏里韋・烏里韋將軍。」——拉斐爾・烏里韋・烏里韋（一八五九～一九一四），傳奇的哥倫比亞自由黨將軍，千日戰爭中的悲劇英雄。可以說是飄盪在整個馬康多體系上的幽靈。

假如醫生他真的是哥倫比亞英雄呢？這是否平行宇宙的戲弄，這場慘酷戰爭造就了一個英雄萬念俱灰之後的另一重生活？他任由自己變得如此不堪，以便自棄於其他的枯枝敗葉？

「那具棺木飄浮在明亮的半空中，彷彿抬去下葬的是一艘死去的大船。」

「我心想：現在牠們聞到氣味了。現在所有的石鴿就要一起合唱。」

這個結尾，暗示了英雄本應得的重視與哀慟。他之前只對這個世界說過：「等我們習慣這一大堆落葉的存在之後，所有的這一切就會消失無蹤。」

不過，這都是一廂情願的幻想，事實上馬康多的他們都在戰後的暮色中苦熬，但院子牆邊種下的一棵茉莉樹，讓黃昏充滿重訪的鬼魂，陰陽之間似乎有彼此安慰的細語。

「那是九年前種在牆邊的茉莉花的花香。」「可是現在沒有茉莉花啦」……「等你長大，就會懂得茉莉花是一種會魂魄出竅的花。」

短短幾句，過去、現在、未來重疊在一起，茉莉成為靈媒，比普魯斯特的瑪德蓮小蛋糕還要神奇。

既然如此，我們還何必計較什麼是枯枝敗葉呢？

波呂尼克斯死得淒慘，至於他的屍體，據說已貼出公告，不許民眾埋葬他或為他哭泣，他不能入土，不得接受追悼，他將成為猛禽美味的盤中飧，吸引牠們前仆後繼吞噬。據說，克瑞翁看似對你跟我發出公告，主要卻是對我；他將衝著我來，對尚不知情的人宣布此令，此事要嚴謹看待，膽敢違反者，將遭民眾投擲亂石而死。

——**摘自《安蒂岡妮》**

突然間，村莊中心彷彿出現一個猛烈漩渦，捲來了香蕉公司和追在後面而來的大堆落葉。這一堆混亂、吵鬧的落葉，是其他村莊的人渣和廢物：那場似乎已越來越遙遠和不再真實的內戰遺留下來的殘渣。這一堆落葉難以安撫，散發而出的大雜燴氣味，有皮膚分泌物的氣味，也有隱約的死亡氣味，汙染了沿途所經之處。不到一年時間，它就把先前無數災難遺留的殘磚碎瓦往整座村莊傾倒，還在大街小巷丟棄它帶來的雜七雜八垃圾。接著，這些來自其他村莊的垃圾踩著紛亂、變化莫測的暴風雨腳步，突然自成聚落，各擁地盤，把村莊的面貌變得陌生和複雜。昔日，村莊只有一條大街，街道一端是河流，與另一端的墓園對望。

除了這一堆人類落葉，混著一起來的垃圾，還有被猛力捲來的商店、醫院、遊樂場、電廠，單身女人和男人。男人將騾子綁在旅館木頭柱子上，他們帶來的行李往往只有一口木衣箱或一疊衣服，而不過短短幾個月，他們就能擁有自己的房屋、兩個情婦，和因為來不及參加打仗而一直拖欠的軍事頭銜。

城市來的悲傷愛情垃圾也跟著大堆落葉湧至，他們蓋起小木屋，起先在屋內角落擺上半張行軍床，提供一夜情隱蔽的過夜處，之後一條熱鬧的秘巷誕生，再之後自成另一座小村莊，考驗村莊的忍受力。

這一場暴雪，這一場暴雨，帶來陌生面孔，他們在大街上搭帳篷，男人當街換衣，女人撐傘坐在衣箱上，還有遭遺棄的騾子，牠們在旅館的馬廄裡慢慢餓死，我們這些人最先到卻像剛來的；我們變成了外地人；變成了異鄉人。

內戰過後，我們來到馬康多，讚嘆這裡的沃土，我們知道那堆落葉終究會來，但是沒料到它的力道是多麼猛烈。因此，當我們感覺雪崩來臨，唯一能做的只有在家裡準備好刀叉盤子，坐下來等待新居民來認識我們。這時，火車發出第一聲鳴笛。那堆落葉騷動起來，前去迎接，翻轉了一圈後不再飛舞，層層相疊；最後經過大自然的發酵，落地生根。

一九〇九年，馬康多

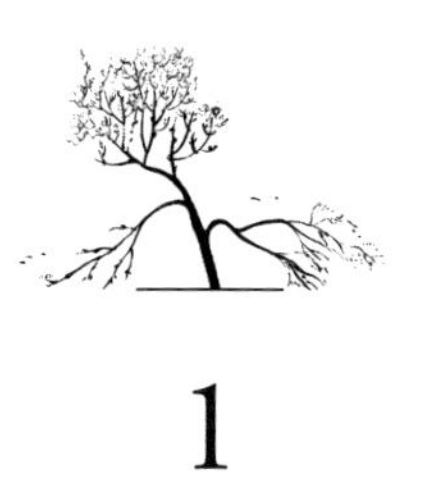

1

這是我第一回目睹屍體。這天是禮拜三，可是感覺像禮拜天，因為我沒上學，穿上某個部位很緊的綠色燈芯絨禮服。我牽著媽媽的手，跟在外公背後，他拄著一根拐杖，每走一步都先探路，免得撞著東西（他在昏暗中看不清楚，走路又一跛一跛的），當經過客廳的鏡子前，我看見自己從頭到腳的打扮，一身綠色禮服，那條漿過的白色領結勒在脖子一側。我照著這面骯髒的大圓鏡，心想：**這就是我，今天像禮拜天。**

我們來到死者的家。

屋子緊閉，裡頭熱得令人窒息。耳邊只聽見陽光烤曬著街道，除此之外，沒有其他聲響。空氣靜止了，凝結成一片；讓人錯以為是一面可以扭轉的鋼片。停放屍體的房間裡充滿衣箱的氣味，可是四周都見不著衣箱。角落有一張吊床，一頭掛在鐵環上。空氣夾雜一股垃圾味。我想，圍繞在我們四周那些破爛甚至解體的東西，就算真有其他味道，聞起來就是垃圾。

我以為死者都應該戴著帽子。此刻看到的卻不是這麼一回事。我看見死者泛青的臉孔和綁著手帕的下巴。我看見他的嘴巴微張，紫紅色的嘴脣露出一口汙漬斑斑的亂牙。我看見他咬過的舌頭吐在一邊，粗肥而溼黏，比臉的顏色略暗一點，就像用麻繩勒過後的指頭顏色。我看見他睜著雙眼，眼睛瞪得比活人還大，目光烙印焦慮和迷惘，而皮膚彷彿幾經踐踏的潮溼地面。我以為死者應該帶著平靜睡去的面容，此刻目睹的卻恰恰相反。我看見的人端著吵架時那種清醒和暴怒的臉。

媽媽也是禮拜天的打扮。她頭戴遮住耳朵的舊式草帽，身上一襲黑洋裝，領口緊緊扣住，長長的袖子包住手腕。這一天是禮拜三，因此，她看起來格外遙遠、陌生，當外公起身迎接抬棺的工人時，我感覺她像有話想對我說。媽媽坐在我的旁邊，背對著一扇緊閉的窗戶。她費力地呼吸，不時整理從那頂匆忙戴上的帽子底下垂落的髮絲。外公命令那些工人把棺木抬到床邊。這時，我才注意到死者真的躺得進棺木。他們剛抬進來的時候，我看著死者占滿整張床的體型，還以為棺木實在太小。

我不知道他們為什麼要帶我來這裡。我從沒來過這棟屋子，還以為裡面根本沒人住。這棟大屋坐落在街角，我想，門從沒打開過吧。我一直以為是空屋。當媽媽對我說：「下午不用上學。」我一點也開心不起來，因為她的語氣沉重又謹慎；我看著她拿來我的綠色燈芯絨禮服，默默地幫我穿上，接著我們一起到門口跟外公會合；我們走過相隔三棟屋子的距離，抵達大屋，我到現在才發現這個街角有人居住。這個人死了，媽媽告誡我時提到的男人應該就是他：「你必須在醫生的葬禮上表現得體。」

剛進屋時，我沒瞧見死者。我看見外公在門口跟幾個男人說話，看見他要我們繼續往裡面走。我以為房間裡有其他人，可是一進昏暗的房間，只覺得裡面空無一人。從進門的那刻起，熱氣就迎面撲來，我聞到垃圾的氣味，一開始濃得散不去，現在跟熱氣一樣偶爾飄來後就消失了。媽媽牽著我的手，走近房間昏暗的角落，要我坐在她身邊。一會兒過後，我才慢慢看清楚眼前的事物。我看見外公試著打開一扇窗戶，窗戶的四個邊似乎黏住了，牢牢地卡著木頭窗框，我看見他拿起拐杖敲打窗鎖，每敲一下，外套上的灰塵就跟著抖落。當外公說他打不開窗戶時，我轉過頭看向正在奮戰的他，這才發現床上有個人。是個男人，他筆直躺在那兒，暗色的輪廓靜止不動。於是，我轉過頭看媽媽，她看起來一樣遙遠而嚴肅，正看著房間內另一處。我的腳構不到地板，只能懸在半空，所以我把雙手伸到大腿下，手掌撐著座位，開始擺動雙腳，我的腦中一片空白，直到想起媽媽對我說過：「你在醫生的葬禮上必須表現得體。」這時我感覺一陣冷意竄上背部，我回過頭一看，只看見乾裂的木頭牆壁。可是像是有人從牆壁對我說：「別晃腳，躺在床上的是醫生，他已經死了。」當我的視線移到床鋪，景象已經全然不同。我看到的不是一個男人躺在那裡，而是一個死人。

從這一刻起，即使我費盡力氣想看房間其他地方，卻一直感覺有人把我的臉硬扳回去，不論如何就是會在每個角落看到他，他那雙在昏暗中睜大的眼睛和了無生氣的青綠臉孔。

不知道為什麼，沒有其他人來參加葬禮。來的只有外公、媽媽和替外公工作的四個瓜希拉工人。他們四個把帶來的一袋石灰倒進棺木。要不是媽媽表情那樣怪異和茫然，或許我會問她工人為什麼那樣做。我實在不懂為什麼要把石灰倒進棺木。倒完後，其中一人拿著袋子在棺木上方抖落最後的殘屑，看起來像是木屑而不是石灰。他們抬起死者的肩膀和雙腳。死者穿著一條普通褲子，腰部繫著黑色的寬皮帶，上身是一件灰襯衫。他只有左腳穿鞋。就像艾妲說的一腳是國王，一腳是奴隸那樣。他右腳的鞋掉在床鋪的另外一頭。死者躺在床上似乎不怎麼舒服。躺進棺木裡看來舒服、平靜許多，那張像在吵架時生氣和清醒的臉，重拾寧靜與安穩。身體的輪廓變得柔和多了；死者彷彿在棺木裡找到他的歸屬地。

外公在房間裡忙來忙去。他收拾幾樣物品放進棺木。我的視線回到媽媽身上，期盼她能告訴我，為什麼外公要把東西放進棺木。但是一身黑色打扮的母親面色漠然，似乎努力不看死者所在的方向。我也想這麼做，無奈辦不到。我定定地看著死者，打量著他。外公把一本書放進棺木，朝工人打手勢，其中三人拉上棺蓋。在這一刻，我才感覺把我的頭扳往那個方向的那雙手終於鬆開，於是我開始細瞧這個房間。

我的視線回到媽媽身上。從我們踏進這間屋子後，她第一次看我，對我勉強一笑，那是抹空洞的笑；我聽見遠處傳來火車的鳴笛聲，火車正繞過最後一個彎道。我感覺停放屍體的角落似乎有個聲音。我看見其中一個工人掀開棺蓋一頭，讓外公把那隻忘在床上的鞋放進去。火車再次鳴笛，聲音越來越縹緲，這時我突然想著：「現在是下午兩點半」。我記得這一刻（在火車最後一次轉彎鳴笛時），學生正要排隊上下午的第一堂課。

「亞伯拉罕。」我心想。

我不該帶兒子來的。這個場合對他來說並不恰當。連即將滿三十歲的我都覺得這個停放屍體的空間讓人透不過氣。我們可以現在離開。我們可以跟爸爸說我們待在這個房間不太舒服，這裡堆積了一個恩斷情絕的男人在過去十七年遺留的殘屑。或許只剩爸爸對他還保有些許好感。就是這種無法解釋的好感，讓這個男人不至於在這個房間裡腐爛分解。

我擔心這一切引來笑話。一想到再過一會兒，我們就要跟著棺木到街上，我就心慌意亂，至於其他人看見棺木只會幸災樂禍。我能想像，當窗戶內那些女人看見爸爸，看見我帶著孩子跟在棺木後面經過，該會有什麼樣的表情，而裡面躺的是全村唯一樂見屍首腐爛的人，棺木會在決然的唾棄聲中抬往墓園，後面跟著三個決定演出憐憫劇的角色，這將會成為我們的恥辱。爸爸的這個決定，很可能造成將來沒人來參加我們的葬禮。

也許因為如此，我把兒子帶來。當爸爸跟我說：「妳得陪著我來。」我第一個想到的是把孩子一起帶來，這樣我才有安全感。此刻，我們在這裡，在這個悶熱的九月午後，感覺四周圍繞的東西就像心狠手辣的敵方探員。爸爸一點也不擔心。事實上，他一輩子都在做這種事，惹得全村的人恨得牙癢癢；他罔顧所有人的利益，只為兌現最微不足道的承諾，讓村民咬牙切齒。二十五年前，這個男人來到我們家時，爸爸應該就料到（他察覺訪客的舉止怪異），當這一天降臨，村裡甚至沒有人費心把他的屍體扔給黑美洲鷲。也許爸爸預見了所有的阻礙，估量和計算過所有可能的不便。此刻，二十五年過後，他應是認為自己不過是實現承諾已久的任務，無論如何都得完成，因此，他得親自領著屍體走過馬康多的大街小巷。

然而，當這一刻到來，他卻沒勇氣獨自完成，強要我一起兌現這個令人難以忍受的承諾，這個在我懂事的許久之前不得不許下的承諾。他對我說：「妳得陪我來。」沒給我時間思考他話中的含意；我沒辦法估計，埋葬這個大家都等著看他在自己的巢穴裡化成灰的男人，有多麼可笑和不堪。因為大家不只等著看好戲，更是認定事情會這樣發展，他們打從心裡期待，不帶一絲悔恨，他們甚至先想像在他的屍體腐爛的那天，聞到飄散的臭氣會多麼心滿意足，沒有人會於心不忍、擔憂或驚訝，只會樂見渴望的時刻終於來臨，他們希望這一刻能延長，直到死屍的噁臭氣味滿足了內心最深處的怨恨。

此刻，我們剝奪了馬康多巴望已久的喜悅。我感覺，我們的決定就某方面來說，並沒有在每個人的心底留下一種憂傷的挫敗感，只是推遲享樂。

也因為這樣，我應該把孩子留在家裡；別把他捲進這樁共謀，過去十年，這場共謀殘忍地啃噬醫生，如今將瞄向我們。兒子應該跟這個諾言切割清楚。他壓根兒不知道為什麼會在這裡，為什麼我們要帶他來這個破爛的房間。他安安靜靜，一臉茫然，彷彿等待有個人跟他解釋這一切代表什麼；他端坐著，擺盪雙腳，兩隻手按著椅子，彷彿等人跟他解開這個驚悚的謎。我希望自己能相信沒人會這麼做；我期盼沒人會打開這扇無形的門，就讓他在門內靠自己理解吧。

好幾次，他看向我，我知道他看見我的表情怪異、陌生，我穿著一身深色衣裳，而頭上戴著舊式帽子，為的是不讓人認出來，連這麼想也不可以。

如果梅妹還活著，還住在這棟屋子，或許一切會不同吧。村裡的人或許會以為我是為她而來。或許以為我來分擔一種她感受不到但可以偽裝的悲痛，或許能因而體諒。梅妹在大約十一年前失蹤。醫生的死粉碎了探知她下落的可能，或起碼知道她的屍骨在何方。梅妹不在這裡，如果在的話，如果沒發生已發生而且永遠無從知道真相的事，她或許會與村民站在同一陣營，對抗這個睡她的床長達六年的男人，他給她的情意、憐愛，少到連一頭騾子也做得到。

我聽見火車拐過最後一個彎道所發出的鳴笛聲。我心想：兩點半了。我忍不住想到，在這個時間，整個馬康多正等著看我們在這棟屋子裡做的事。

我想著蕾貝卡太太，她的身材乾癟，眼神和打扮穿著略顯陰森，她坐在電風扇旁，臉上映照著鐵窗的影子。蕾貝卡太太聽見火車拐過最後的彎道後遠去時，將頭伸向電風扇，她忍受著熱氣和怨恨的折磨，感覺內心的螺旋槳片一如電風扇的葉片正在轉動（但是逆向旋轉），她低喃：「一切都是那個惡魔搞的鬼。」身體一陣瑟縮，她跟命運緊緊綁在一起，無法擺脫瑣碎的日常雜念。

還有癱瘓的艾葛妲，她看見索莉塔到火車站送別男朋友後回來，看見她打開洋傘，踩著雀躍的腳步繞過無人的街角；她感覺她靠近時，全身洋溢著一種女人的喜悅，她也曾嘗過相同的喜悅，只是這種感覺後來慢慢變成病態的嚴肅，於是她脫口而出：「妳終將在床上翻滾，就像豬在垃圾堆裡打滾。」

我無法甩開腦中的思緒。我無法不想著現在是下午兩點半；郵務騾子會經過這裡，穿過一片揚起的炙熱塵霧，後面跟著一群男人，他們為了收報紙包裹，犧牲禮拜三的午覺時間。安赫神父坐在聖器室裡睡覺，油膩膩的肚皮上攤著一本祈禱書，當他聽見郵務騾子經過，他揮開干擾清夢的蒼蠅，打著嗝說：「都是你拿肉丸子毒害我。」

爸爸對這一切冷然以對。他甚至下令開棺，好把忘在床上的鞋子放進去。只有他操心這個男人的打扮是否得體。我絕對不會詫異，大家怪我們違背整座村莊的心願，當我們跟著遺體出去以後，他們會等在自家門前，準備拿著夜裡收集的糞便，潑灑我們一身穢物。或許這是因為他們對受到阻撓太過憤怒，畢竟他們曾在那樣多個悶熱的午後想像這種渴望許久的喜悅，每一回，這些男男女女經過這間屋子前總會說道：「我們遲早會在吃午飯時間，聞到這裡飄來腐臭味。」從住在第一間到最後一間的人都這麼異口同聲地說。

再過一會兒就要三點。塞諾莉塔知道快三點。蕾貝卡太太隱身在鐵窗的陰影中，當看見她經過，她叫住她，離開電風扇半晌，對她說：「塞諾莉塔，您知道他是惡魔啊。」明天上學時，我的兒子將不再一樣，他會是另一個完全不同的孩子；他會長大、生兒育女和死亡，不會有人對他以基督徒身分下葬有一絲感謝。

二十五年前，如果這個男人沒拿著一封永遠無法知道從哪裡來的介紹信投靠爸爸，留下來跟我們住在一起，靠吃青草果腹，用那雙流露貪欲的突眼睛盯著女人看，此刻，我或許能安心地在這間屋子裡。可是我的懲罰早在出生前就寫下，只是一直隱藏不露，直到這一個即將滿三十歲的難熬閏年，爸爸告訴我：「妳得陪著我來。」接著，在我來得及開口問之前，他拿起拐杖敲打地板：「女兒，這件事不論如何都得解決。醫生今天凌晨自縊身亡了。」

工人離開房間後，又拿著一支鐵鎚和一盒釘子回來。但是他們沒釘棺木。他們把東西擺在桌上，到先前擺放遺體的床鋪坐下來。外公看似一臉平靜，但他的平靜摻雜沮喪，並非完美無缺。這種平靜是刻意偽裝，壓抑著不耐，跟躺在棺木裡的遺體的平靜不同。這種平靜中流露不協調的憂慮，於是他在房間裡一跛跛地繞圈，搬動堆積的物品。

當我發現房間裡有蒼蠅，我開始痛苦地想像棺木裡滿滿的都是蒼蠅。他們還沒釘死棺木，但是我似乎一開始就把那嗡嗡聲錯當成附近鄰居的風扇聲，而那是一群蒼蠅沒頭沒腦地衝撞棺木內側和死者臉孔。我甩甩頭；我閉上眼睛；我看見外公打開一個衣箱，拿出一些東西，但沒看清楚是什麼；我看見床上有四簇火花，工人點燃香菸，不過沒抽。悶熱，難熬的時間，蒼蠅的嗡嗡聲，纏得我喘不過氣，我感覺彷彿有人對我說：**你以後也會是這個模樣。你才要滿十一歲，但有一天你也會躺在一個密閉的棺木**

裡，任憑蒼蠅擺布。我伸了伸併攏的雙腳，瞧一眼亮晶晶的黑色靴子。**「一邊鞋帶鬆了。」**我心想，然後轉頭看媽媽。她也看著我，彎下身子替我綁鞋帶。

媽媽的頭髮冒出一股熱氣，像是櫥櫃的怪味；聞到這種木材久放的氣味，我又想起棺木密閉的空間。我感覺呼吸變得困難，想要離開這裡；我希望呼吸街道上燙人的空氣，於是我使出最後絕招。我趁媽媽起身時，壓低聲音對她說：「媽媽！」她露出微笑說：「嗯。」我向她靠過去，貼近她那張發亮的白皙臉龐，發抖著說：「我想去那後面。」

媽媽向外公喊了一聲，對他說了些什麼。他走過來，我看著他睜著鏡片後的那雙細小眼睛，眨也不眨地對我說：「聽清楚，現在不行這麼做。」於是我伸展筋骨，繼續乖乖待著，不在乎要求被拒絕。但事情進行的步調再一次慢下來。剛才還比較快，接連不斷進行。媽媽再次彎下身子，在我的肩膀邊說：「舒服點了？」她的語氣特別嚴肅，彷彿不是個問題，而是句責罵。我的肚子原本又乾又癟，但聽到媽媽的問題，肚子都軟了，鬆下來而且塞得滿滿的，這一刻，所有的一切，甚至是她的嚴肅，對我來說都充滿敵意，充滿挑釁。「還沒。」我對她說。「還是一樣。」我緊緊壓著肚子，兩條腿試著踢蹬地板（另一個絕招），但只是懸在下面擺盪；距離地板還有一段距離。

有人踏進房間。是外公的人手，他的後面跟著一名警探和一個男人，那個男人也穿一條綠色斜紋粗棉布褲，腰帶上插著一支左輪手槍，一隻手扶著翻褶的寬邊帽。外公向前迎接他。穿綠褲子的男人在昏暗中咳了咳，對外公說了些什麼，然後又咳起來，他一邊咳還一邊命令警探用力敲開窗戶。

四面木頭牆壁看起來脆弱不堪。像是用緊壓的冷泥灰蓋的。當警探拿起步槍，用槍托敲打彈子鎖頭，我感覺窗戶怎麼都打不開。這間屋子就要崩塌，牆壁即將倒下，就像是一座灰燼蓋的王宮，在空中一聲不響地解體。我以為，再敲第二下，我們都會坐在露天街頭，頂著大太陽，頭上覆蓋碎瓦礫。但是，窗戶隨著第二下打開了，光線照進房間；那猛然傾瀉的畫面，像是給一頭迷失方向的動物開了門，牠安靜不語，四處亂竄和嗅聞，牠淌流口水，憤怒抓著牆壁，最後牠平靜下來，回來躺在牢籠最涼爽的角落。

窗戶打開後，所有的東西原形畢露，可是怪異的不真實感卻更加鮮明。這時，媽媽深深地吸口氣，伸出雙手對我說：「來吧，到窗邊看看我們的家。」我在她的懷中再一次看見村莊，彷彿結束一場旅行後回到這裡。我看見我們的房子，雖然褪色和破爛，位在杏樹下倒是十分涼爽；我站在這裡，卻有種錯覺，像是從未去過那棟在綠蔭下的可愛屋子，像是我們家是媽媽在我做惡夢的夜晚虛構出來的完美屋子。我看見佩佩走過去，他心不在焉，沒看見我們。這個男孩住我們家隔壁，他一邊走一邊吹口哨，彷彿剛剪過頭髮，模樣變得不同而陌生。

村長挺直身子，他身上的襯衫敞開，滿身大汗，表情痛苦。他朝我走過來，面部因為言詞激動而脹紅。「他的屍體還沒發臭，我們不能確定他真的死了。」他說，並扣上襯衫鈕扣，點燃一根菸，那張臉孔再次望向棺木，或許正在想著：**沒人會說我違**

法。我凝視他的雙眼，眼神帶著必要的堅定，好讓他明白我能看穿他心底最深處的想法。我對他說：「您為了大家都能開心，不惜違法。」他似乎早就預料會聽到這句話，於是回答：「上校，您是個受人敬重的人。您知道我有權這麼做。」我對他說：「您比任何人都清楚他已經死了。」而他說：「沒錯，但不論如何，我只不過是個公務員而已。唯一有法律效力的是死亡證書。」我對他說：「如果您站在法律那邊，那就帶個醫生過來開死亡證書吧。」他抬起下巴，但沒有一絲傲慢，他保持從容自若，但沒有半點懦弱或慌張，他說：「您是個受人敬重的人，知道這叫恣意妄為。」聽見這句話，我明白他雖然喝了酒，又怕事，腦袋可沒混沌不清。

這一刻，我發現村長與村民同仇敵愾。從那個狂風暴雨來襲的夜晚算起，這種感覺已經醞釀十年，當時他們把傷患抬到醫生的門前大喊（因為他沒開門，只從裡面答話）。他們大喊：「醫生，救救傷患吧，其他醫生忙不過來。」而他還是不開門（門一直關著，傷患就靠在門上）：「我們就剩您一個醫生。請您大發慈悲心。」亂成一團的群眾想像他在客廳裡，半空的燈照亮他那雙嚴厲的黃眼睛，而他回答（但是依然不開門）：「我把醫術全忘光了，把他們抬去其他地方吧。」那扇門繼續緊閉（從這一刻起，門再也不曾對外打開），自此大家的怨恨滋長、分枝，化成一種集體的劇毒，只要他還活著，馬康多就無法安寧，醫生那晚高喊的決定在每個人耳畔縈繞不去，判定了他將在那間屋子裡腐爛發臭。

又過十年，這期間他從不敢喝村裡的水，就怕被下毒；他只吃自己跟他的印第安姘婦在院裡種的蔬菜填飽肚子。十年前，他不肯施捨憐憫，此刻，這座村莊感覺該他們拒絕憐憫他，整個馬康多都知道他死了（所有人應該都在今天早上醒來後感到如釋重負），準備享受他們巴望到來的喜悅，所有人都認為這是應得的。他們只想聞到那次沒打開的門後面傳來腐屍氣味。

此刻，我開始相信不論如何承諾，都無力抵擋一座村莊的波濤洶湧，我無處可逃，他們的仇恨和怨念將我重重包圍。連教堂都想辦法攻訐我的決定。安赫神父才剛對我說：「那個男人六十年來不曾信奉天主，我絕不容許他在上吊後葬在聖地。我們的天主也睜著慈愛的雙眼，盯著您是否企圖犯下背叛罪，去做這件並非行善的工作。」我對他說：「根據經上所述，埋葬死人是行善之舉。」安赫神父說：「沒錯。可是他這個例子，不該由我們來處理，而是由衛生單位。」

我來了。我叫來在家裡長大的四名瓜希拉工人。我逼迫我的女兒伊莎貝爾陪著一起來。這樣一來，葬禮比較有家庭氣氛，有人情味，當我把遺體沿著街道送到墓園，場面比較不那麼個人，緩和了挑釁的意味。看過馬康多在這個世紀經歷的種種，我相信這是個什麼事都幹得出來的地方。我是個老頭子，是共和國的上校，有跛腳毛病，為人正直，如果大家不願敬重我，我希望至少能尊重我的女兒，畢竟她是個女人。我做這件事不是為了自己。或許也不是為了讓死者瞑目。這不過是完成對他的神聖承諾。我帶伊莎貝爾來不是出於膽怯，而是憐憫。她帶兒子來（我懂她這麼做是為了同樣的理由），此刻我們三個人聚在這裡，擔起這個突如其來的艱鉅任務。

我們到了一陣子。我以為映入眼簾的會是一具從屋頂懸吊的屍體，但是我的人手先到，他們把屍體平放在床上，拿布蓋上，他們暗自相信這件事不到一個小時就能處理完畢。抵達後，我等待棺木送來，我看著坐在角落的女兒和孫子，視線搜索這間屋子，心想醫生或許留下了什麼線索，能解釋他的決定。文件櫃是開的，塞滿亂七八糟的紙張，都不是他寫的。他在二十五年前帶來的那份加套的表格就放在裡面，就是他打開巨大的衣箱拿出來的同樣那張表格。那個衣箱大得足以塞下我們一家子的所有衣服，但是當時衣箱裡面僅僅有兩件普通的襯衫，一副不可能是他使用的假牙，很簡單，這是因為他有一口完整堅固的真牙；一幅肖像照片和一張表格。我打開抽屜，每一層放的都是印刷紙；除了覆蓋灰塵的老舊紙張，沒有其他東西；下面，最底層的抽屜還放著他在二十五年前帶來的假牙，因為長時間沒使用，上面布滿灰塵，並且已經發黃。小桌上有幾份沒打開的郵寄報紙，就擺在熄滅的燈旁邊。我仔細檢查報紙。全是法文報紙，最後幾份的日期是三個月前：**一九二八年七月**。還有其他幾份也沒打開。日期是**一九二七年一月**，**一九二六年十一月**。甚至有幾份很久以前的報紙：**一九一九年十月**。我心想：**那正是九年前宣布判決之後，他沒打開。他從那個時刻起，斬斷跟故土和同胞的最後一絲聯繫。**

我的人手抬來棺木，把遺體放進去。這時，我想起二十五年前他第一次來我家的那天，他交給我一封介紹信，信上標註日期的地點是巴拿馬，寫信人是當時在大戰尾聲時擔任大西洋沿岸總軍需部長的奧雷里亞諾．波恩地亞上校。我在他那個衣箱深不見底的漆黑中，翻找他散置的雜物。這個衣箱擺在另外一個角落，沒有鎖上，裡面放的還是他在二十五年前帶來的東西。我記得：**他有兩件普通的襯衫，一副假牙，一幅肖像照片，和那張加套的舊表格**。我慢慢地收拾這幾樣東西，趁蓋棺之前放進去裡面。那幅肖像照片還在衣箱底部，幾乎跟那次擺在一樣的位置。那是一張受勛軍人的銀版照片。我把照片放進棺木，接著是假牙，最後是表格。放完之後，我對我的人手打手勢，要他們蓋棺。我心想：**此刻他再一次踏上旅程。在最後一趟旅程理所當然要帶著上一次陪伴他的東西。這是最起碼也是理所當然的。**這時，我似乎看見他終於瞑目。

我搜索他的房間，看見一隻鞋子忘在床上。我再一次打手勢要他們開棺，就在這一刻，火車的鳴笛聲響起，消失在駛離這座村莊的最後一段彎道上。「下午兩點半了。」我心想。**一九二八年九月十二日下午兩點半；差不多跟這個男人在一九〇三年那天第一次坐在我們家餐桌旁乞求吃點草是同個時間。**那一次，艾黛萊妲對他說：「醫生，您要什麼草？」而他慢吞吞，用他那摻雜著鼻音像是反芻動物的聲音說：「夫人，一般的青草就可以。騾子吃的那種青草。」

2

事實上，梅妹並不在家裡，沒人能確切說出她是什麼時候離家的。我最後一次看到她，是十一年前。那時，她的小藥局還在這個街角，為了應付左鄰右舍的需求，藥局不知不覺中變成了一間小商店。梅妹工作勤奮，做事吹毛求疵，有條有理，把一切打理得井然有序，東西應有盡有，當時村莊裡僅有四臺家用牌縫紉機，她擁有一臺，白天不是替鄰居縫製衣物，就是在櫃檯後面用她那印第安女人的親切招呼顧客，這種不曾改變的情感，濃厚又恰到好處，既保有天真又帶著戒心。

自從梅妹離開我們家以後，我有很長的時間沒見過她，但其實我無法明確說出，她是什麼時候跟著醫生來到街角同居，或者這個印第安女人怎會這麼極端，甘做拒絕醫治她的男人的女人。無論如何，他們曾同住在我父親的屋子裡，她就像養女，他則是常住的賓客。我從繼母那邊得知醫生是個本性不良的男人，他跟爸爸爭執許久，說服他相信梅妹的病並無大礙。當他說這句話時，根本沒走出他的房間替她看病。不管如何，就算女僕不過是微恙，很快就會康復，看在他住在我們家八年，和受我們照顧的份上，也該治治她吧。

我不知道事情是怎麼發生的。我只知道，有一天天亮後，梅妹不在家裡，他也不在。於是，繼母關閉那個房間，不再提起他，直到十二年前，我們一起縫製我的新娘禮服那刻。

離開我們家的第三或第四個禮拜天之後，梅妹上教堂參加八點的彌撒，她身穿一件引人注目的印花絲質洋裝和一頂可笑的帽子，帽頂還插著一束塑膠花。在我們家的時候，我看到的她總是一襲簡單的衣裳，一天大部分的時間都打赤腳，而那個禮拜天，當她踏進教堂那刻，我感覺她不是我們認識的那個梅妹。她抬頭挺胸，神情彆扭，置身在一群夫人之間，聆聽前方的彌撒，她穿戴那堆廉價的東西，完全變了個人，成為引人注目的焦點。她跪在前面。她連聽彌撒的那股虔誠都令人陌生；連比畫十字的方式都帶點花稍炫目的做作，看見她踏進教堂，知道她是我家女僕的人目瞪口呆，從沒看過她的人也呆若木雞。

我（當時不過十三歲）問自己她為什麼會有這樣的轉變；為什麼梅妹從我們家消失後，在教堂再次出現的那個禮拜天，竟是一身盛裝，那身盛裝不只足夠一位夫人的穿戴，甚至足以讓三位夫人一起參加復活節彌撒，但身上的飾品和玻璃珠最多只夠讓一位夫人穿戴。彌撒結束後，男男女女都駐足在門口等著目送她離開；他們在門廊上站成兩排，面對著大門口，我還以為這般冷漠和嘲諷的舉動是事先安排好的，他們不發一語等著，直到梅妹走出門口，閉上眼睛，然後再睜開眼睛，撐著那把完美搭配的七色洋傘。她腳踩高跟鞋，就這樣走過去，恍若孔雀般的模樣滑稽可笑，她穿過那兩排男女，但有個男人帶頭將梅妹圍住，她愣在那裡，不知所措，試著送上微笑，那抹該是高雅的笑卻跟她的外表一樣，顯得如此矯揉造作。當梅妹走出門口，撐起洋傘時，爸爸就拖著在他身旁的我往那群人走過去。因此，當那些男人開始圍人，爸爸已經走到梅妹的位置，這時困窘的梅妹正想辦法要脫身。爸爸根本不看在場的人，他一把拉住她的手臂，把她帶到廣場中央，當他做出其他人並不同意的事時，態度通常就是這樣傲慢和挑釁。

一段時間過後，我才知道梅妹跟醫生同居，當他的姘婦。

就在那時，小藥局開張了，她依然打扮成貴夫人模樣參加彌撒，不在乎旁人的耳語和目光，似乎遺忘了第一個禮拜天的插曲。然而，兩個月過去以後，教堂再也不見她的身影。

我記得醫生住在我們家的情景。我記得他捲曲的黑色八字鬍，他那雙瞅著女人看的貪婪的色瞇瞇狗眼。但我記得自己從不靠近他，或許是因為他在我眼裡就像怪異的動物，他總在所有人都起身之後，坐在桌邊吃著餵騾子的青草果腹。從拒絕出手相救幾名傷患的那晚起，他不曾再踏出那個街角一步，直到三年前爸爸生病才出門那麼一次，而他那晚拒絕救援，一如六年前拒絕醫治兩天後變成他姘婦的女人。那間小商店早在整座村莊宣判醫生之前就關門大吉。但是我知道，關門之後，梅妹繼續在那裡住了幾個月或幾年。她失蹤當時，應該已過了好一段時間，至少貼在門口的告示是這麼說的。根據告示，醫生怕村民利用他的姘婦來毒死他，於是殺害她，把屍體埋在果園。但是我在出嫁前見過梅妹。那是十一年前，當時我誦完玫瑰經回來，她從她的小店出來，用摻雜些許諷刺的愉悅語氣對我說：「伊莎貝爾，妳要嫁人啦，怎麼都不說一聲。」

「對。」我對他說。「應該是這樣。」我拉了拉繩索，其中一端還看得到剛用刀子割斷而綳開的繩線。我再次打好工人搬屍體下來時割斷的繩結，把其中一頭從梁上拋過去，繩索垂在那兒，那般牢固像是禁得起更多人尋死。村長拿著帽子對臉孔搧風，因為悶熱，黃湯下肚，他一臉心煩意亂，一雙眼盯著繩索，估算力道後，開口說：「這麼細的繩索怎麼可能吊得住他的身體？」我對他說：「這條正是他睡了許多年的那張吊床的繩索。」他搬來一張椅子，把帽子交給我，試著吊在繩索上，因為使力，那張臉脹得通紅。接著他站回椅子，盯著懸在半空的繩索看。他說：「不可能。我的脖子根本搆不到這條繩索。」這時我恍然大悟，他是在故意找碴，企圖阻撓屍體下葬。

我正面瞧他，將他打量一遍。我對他說：「您沒發現他起碼比您高一個頭？」他轉過頭看棺木。他說：「總之，我不能確定他是不是真的拿這條繩索自盡。」

我確定是這樣沒錯。他也明白，只是故意拖延，就怕不得不下裁決。他毫無方向地亂走，洩漏了心中的膽怯。他懼怕兩件相互矛盾的事：阻止葬禮和下令安葬。這時，他走到棺木前，轉過身看著我說：「我得親眼看到他吊起來才能相信。」

我很願意這麼做。我很願意下令工人開棺，把上吊的屍體掛回去，重現剛才的場景。但是，我的女兒無法承受。孫子也無法承受，她不該把他帶來的。儘管這樣對待死者，凌辱孤獨無依的屍體，擾亂終於藉著蛆蟲求得平靜的男人，我並不覺得反感；儘管移動終能躺在棺木裡全然安息的屍體，並沒有違背我的原則，我願意再把屍體吊起來，看看這個男人到底想相逼到什麼地步。不過這是不可能的。於是我對他說：「想必您心裡有數，我不會下這個命令。如果可以，請您親手把他吊起來，發生什麼事，請自行負責。記住，我們不知道他死了多久。」

他沒有任何動作。他繼續待在棺木旁；接著，他看向伊莎貝爾，然後我的孫子，最後回到棺木。突然間，他的表情轉暗，面露猙獰。他說：「您應當知道會因此付出代價。」我對他說：

「當然知道。我是個有擔當的人。」這時，他雙臂環抱在胸前，冒著汗，企圖用刻意算計的滑稽動作嚇唬我，他走過來說：「請教一下，您怎麼知道這個男人昨晚上吊？」

我等到他走到我的面前。我靜止不動，盯著他看，直到他那燙人的粗喘呼在我的臉上；直到他停下腳步，雙臂依舊環胸，扯動腋下後面的帽子。這時，我對他說：「等您正式問話時，我會回答這個問題。」他依舊站在我的面前，還是一樣的姿勢。聽見我的話，他臉上沒半點驚訝或不知所措。他說：「沒問題，上校。我現在就是正式問話。」

我已經準備好將事情的來龍去脈告訴他。我有把握，不管他再怎麼繞圈子，面對我堅定、有耐心和冷靜的態度，終究還是得退讓。「我不能為了等您來，讓屍體一直吊在那裡，所以我的人手把屍體抬下來。兩個小時前，我就通知您快點來，只隔兩個街區，您卻花了這麼多時間走過來。」

他還是動也不動。我面對他，拄著拐杖，微微地往前俯身。我說：「再說，他是我的朋友。」我這句話還沒說完，他便露出諷刺的微笑，不過姿勢沒變，那又濃又酸的臭氣直接撲上我的臉孔。他說：「這是世界上最簡單的解釋，對吧？」他的笑容倏然消失。他說：「所以您早知道這傢伙要上吊？」

我秉持冷靜，拿出耐心，我相信隨他起舞只會把事情搞得更複雜，我對他說：「我再說一遍，知道他上吊以後，先做的是到您那兒去，這是兩個小時前的事。」他像是覺得我這番話不是澄清，而是問問題，於是說：「我正在吃午飯。」而我對他說：「我知道。我還以為您也睡了午覺。」

這下子他不知道還能再說什麼。他往後退去。他看了一眼跟孩子坐在一起的伊莎貝爾，再看了我的人手，最後視線回到我身上。但此刻他的表情改變。他像是決定了什麼從剛才就一直占據腦海的事。他轉過身，背對我走向警探，對他交代了些東西。警探做了個手勢，離開房間。

接著，他回到我身邊，抓住我的一隻手臂。他說：「上校，我想跟您到另一個房間談談。」現在他的口氣完全改變。現在流露緊張和怒氣。走向隔壁房間時，我感覺他抓住我手臂的力道大得危險，我驚訝發現我竟然知道他要跟我說什麼。

這間房間跟剛才那間不同，既寬敞又通風。院子照進滿室的日光。我在這兒望著他那雙充滿怨恨的眸子，他的笑容跟眼神流露的情緒一點也不搭調。我聽見他說：「上校，我們可以用其他方式解決這件事。」而我沒給他時間說完，便回答：「要多少？」這時，他徹底變成了另一個人。

梅妹端來一盤甜點和兩個鹽味餐包，那是她從我媽媽那兒學來的菜。時鐘敲響九點。梅妹坐在店面後頭的小房間，對著我意興闌珊地吃著，彷彿甜點跟餐包不過是留住客人的道具。我是這麼解讀的，於是就任她遊走在內心的迷宮，沉溺在過往的回憶，滿腹促使她出現的濃濃惆悵和感傷，在櫃檯那盞油燈的映照下，她比起戴帽子和踩高跟鞋踏進教堂那天，顯得疲憊和蒼老許多。這一晚，梅妹顯然想回憶過往。當她徜徉其中時，給人感覺過去幾年她似乎一直停留在某個失去時間的年紀，直到這一晚，當她開始回憶，人生的時間才又再一次流動，出現延遲許久的老化。

梅妹挺直身體，神情哀悽，談起了上個世紀的最後幾年，也就是在那場大戰爭之前，我們家族堪稱封建時期的輝煌時光。梅妹憶起我媽媽。她憶起她的這一晚，我上了教堂回來，而她帶著淡淡的嘲弄和諷刺語氣對我說：「伊莎貝爾，妳要嫁人啦，怎麼都沒告訴我。」在這段日子，正好我非常努力想要記起母親。「妳跟她真是同個模子刻出來的。」她說。而我真的相信她這句話。我坐在這位印第安女人對面，聽著她時而清晰時而含糊的敘述，彷彿她憶起的多數是不可思議的傳聞，但她是真心誠意，甚至相信光陰的荏苒把傳聞鍍成遙遠但難以遺忘的真實事件。她對我講起我的雙親在戰爭期間顛沛流離，講到那場艱辛的朝聖之行，最後以定居馬康多畫下句點。我的雙親逃離戰爭的災厄，尋覓豐饒而平靜的落腳處，他們聽人說起黃金財富，來到不過是個剛在興建的小村莊尋找，當時只有幾戶逃難的人家，那家族成員努力維護他們的傳統和宗教，也賣力養胖他們的豬隻。馬康多對我的雙親來說是塊應許和平與金羊毛之地。他們在這裡找到合適的地點重建家園，幾年過後小屋變成鄉間宅第，坐擁三座馬廄，和兩間招待賓客的客房。梅妹回味每個細節，完全不加修飾，她講起最令人瞠目結舌的事，透露一股忍不住想要重溫那段時光的渴望，或不可能再重溫的事實帶給她的痛苦。她說，在那趟旅程沒有遭逢不幸或匱乏。連馬匹都能在蚊帳裡安然睡覺，這不是因為我的父親生性揮霍或瘋了，而是我的母親有種異於常人的慈悲心，以人道為懷，她認為在天主的眼下，不論是保護人類還是預防動物蚊蟲叮咬，都能獲得莫大喜悅。他們不論到哪裡都帶著惱人的過多行李；衣箱裝滿他們出生前已逝先人的衣物，那些他們無緣見到的祖先早已埋在地下二十噚深，箱子塞滿許久以前早不再使用的廚房用具，全都屬於我的雙親那些血緣最遠的親戚（他們是表兄妹），甚至有個衣箱裝著滿滿的聖人像，他們在路經的每一處都會重新搭蓋家族聖壇。馬匹、雞隻和四個在家中長大的瓜希拉工人（梅妹的同伴）構成逗趣的畫面，他們彷彿馬戲團受過訓練的動物，跟著我的雙親跋涉千里。

梅妹回憶時，不禁悲從中來。她感覺她在歲月的腳步中失去所有，她像是發現回憶傷害了她的心，如果歲月停下腳步，她或許還在那場朝聖之旅途中，在我的雙親看來，這場旅行是一種懲罰，但是對孩子來說卻有點節慶味道，能夠一窺奇異的畫面，比如馬匹在蚊帳裡。

她說，後來一切開始反轉。世紀末的最後幾天，他們抵達剛建村的馬康多，歷經戰爭摧殘的一家子已支離破碎，消逝不久的過往僅殘留榮光。這位女僕還記得初抵村莊時，我的母親跨騎在一頭騾子身上，大腹便便，罹患瘧疾的臉孔泛青，腫脹的雙腳站不起來。或許悔恨已在我父親的靈魂萌芽，但他還是準備排除萬難，在這裡落地生根，等待我的母親生下腹中在跋涉期間懷上的孩子，而分娩的時間越接近，死亡的腳步就離她越近。

檯燈的光線勾勒出梅妹的輪廓。在籠罩熱氣的店鋪後面房間裡，她恍若一尊泛著青綠幽光的坐姿神祇，那張印第安長相的臉孔顯露嚴肅，厚重的直髮恰似馬鬃或馬尾，她述說著，像是神祇回憶著曾經下凡的過去。我從未跟她太過親近，但從這一晚起，就在她突如其來吐露心事過後，我感覺跟她之間維繫著比血緣關係還要牢固的關係。

突然間，就在梅妹停頓時刻，我聽見他在這個房間裡咳嗽，在這個此刻我跟兒子以及爸爸置身的房間。他輕輕乾咳一聲，清了清嗓子，在床上翻身。梅妹立刻閉上嘴，臉上像烏雲罩頂，默默地暗下來。我忘了他的存在。待在這裡的時間（大概十點了），我感覺就像跟女僕在屋內獨處。接著緊張的氣氛緩和下來。我端著裝甜點和餐包的盤子，一口也沒嘗，感覺手酸了。我微微往前俯身說：「他醒了。」此刻，她語氣漠然、冰冷和完全不在乎，她說：「他到天亮才睡。」我忽然恍然大悟，為什麼當梅妹回憶我們家的過往時，一副惘然若失的模樣。我們的人生已然改變，時光正好，馬康多變成一座熱鬧的村莊，錢多到甚至能在每個禮拜六夜晚揮霍，可是梅妹緊抓著更美好的過往不放。當外頭在修剪金羊毛，她卻在店鋪後面過著乏味、隱居的日子，白天守著櫃檯，夜晚待在一個不到天明不入睡的男人身邊，那男人在屋子裡踱步、繞圈，貪婪地盯著她看，我永遠都忘不了他那雙色瞇瞇的狗眼。我想像梅妹跟那個某天晚上拒絕救助她的男人在一起很是震驚，他一直是一頭冷血畜生，感受不到他人的痛苦，不願施捨憐憫，成天在屋子裡閒晃，連最心平氣和的人也會被他逼瘋。

我知道他在這裡，已經清醒，或許每當我們的話語在店鋪後的房間內迴盪，他就會睜大那雙貪婪的狗眼，於是我重拾說話的語調，試圖換個話題。

「這個小生意經營得怎麼樣？」我問。

梅妹露出微笑。她的笑容悲傷而黯淡，似乎不是發自此時此刻的情緒，而是收在抽屜裡，等到出其不意的時刻才顯露出來，但是掛上這種笑並不是刻意，而且因為不常笑，彷彿忘卻該怎麼正常微笑。「還過得去。」她說，並搖了搖頭，那動作似乎帶著猶豫，接著她再次出奇地安靜下來。於是我明白該是離開的時刻。我把餐盤遞還給梅妹，沒有解釋為什麼連一口也沒碰，我看著她起身，把餐盤擺在櫃檯上。她站在那兒看著我，又說一遍：「妳跟她真是同個模子刻出來的。」梅妹說話時，始終看不清楚我的臉，這顯然是因為我坐在背光位置，身後的亮光無法照到我的正面。之後，當她站起來把盤子擺到櫃檯上，站到檯燈後面，終於能從正面將我看清楚，因此又吐出這句話：「妳跟她真是同個模子刻出來的。」然後她走過來坐下。

這時，她開始回憶我的母親抵達馬康多後的日子。我的母親直接下騾子，走到搖椅旁坐下來，這一坐就坐了三個月，沒有移動半步，接下送來的食物時，總是一副懶洋洋的模樣。有時，她接過午飯，卻端著盤子直到午後，僵在那兒，沒搖動搖椅，雙腳跨在另一張椅子上，感覺死亡從腳底逐漸蔓延，直到有人來收走她手中的盤子。分娩那天，她從頹廢中痛醒，自己站了起來，但需要靠人攙扶，走完從長廊到臥室的二十步路，她默默地忍受九個月的折磨，被死亡盤據、攀纏，此刻就要銷蝕殆盡。她從搖椅走到床鋪的這段路，嘗到了幾個月前那場跋涉所沒遇到的所有疼痛、苦楚和劫難，可是她心裡清楚，她終於在人生落幕之前，到了應該到的地方。

梅妹說，父親似乎對母親的死萬分沮喪。可是，他後來曾親口說，當家裡只剩他孤單一人時，他認為：「一家之主若是少了妻子扶持，沒有人會相信那個家的誠信。」他曾在一本書上讀到，當心愛的人死後，應該種下一棵茉莉樹，每晚懷想故人，於是他在院子的牆邊種下茉莉樹，一年過後，他再婚，娶了我的繼母艾黛萊妲。

好幾次，我以為梅妹講著講著就要掉淚。但是她把持住了，還很滿意沒讓人看出她並不快樂，而她是自願放棄原本快樂的生活。接著她嘴角上揚，在椅子上伸展筋骨，整個人柔和許多。她似乎已在內心清償她痛苦的債務，當她往前傾身，看見還能再添上一筆美好的回憶，於是她又露出微笑，帶著一往如昔的濃烈與淘氣的親切感。她說，還有另外一段回憶是五年過後發生，當時她走到飯廳，對著正在吃午飯的爸爸說：「上校，上校，有個外地人在辦公室等著見您。」

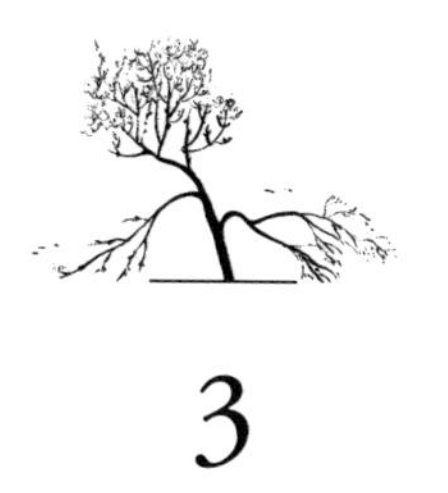

3

教堂後面有條街，街道的另一側是一個沒有樹木的院子。當時是世紀末，我們抵達馬康多時，教堂還沒蓋好。那裡只有光禿禿、乾巴巴的土塊，是孩子放學後玩耍的地點。之後，當教堂開始建造，他們在院子的一邊埋了四根柱子，圍起來的空地剛好能蓋一間小屋。而真的這麼蓋了。裡面存放著蓋教堂的建料。

教堂蓋好之後，有人將小屋的牆壁塗上灰泥，在後面的牆開一扇門，通往寸草不生、布滿碎石的荒蕪小院子。一年後，小屋再經改建，可以給兩人住。屋裡彌漫一股生石灰的氣味，而這是許久時間以來，裡頭唯一讓人感到愉快的氣味。小屋的牆壁塗白之後，改造小屋的人將後門拉上門栓，臨街的門外則是掛上大鎖。

那是間無主的小屋。從沒有人宣稱土地或建物的所有權。第一位教區神父抵達後，借宿在馬康多一戶最富裕的人家裡。後來他被調到另外一個教區。但就在那段日子（可能是第一任神父離開之前），有個女人胸前抱著一個孩子住進那間小屋，沒人知道她是什麼時候住進去，或者她是怎麼打開那扇門的。屋內一個角落放著一個爬滿綠色苔蘚的黑水甕，和一個掛在釘子上的水罐。牆壁上的灰泥已經剝落殆盡。院子的石地覆蓋一層下雨過後硬化的泥土。女人找來樹枝搭了一個遮陽棚。她沒有鋪設屋頂的棕櫚葉、瓦片或鋅皮材料，所以在棚子旁種下一棵葡萄樹，並在臨街的大門掛上一小把蘆薈和一塊麵包，用來趨吉避凶。

一九〇三年，當宣布新任神父抵達時，那個女人還帶著她的孩子住在小屋裡。全村大半的人都到主街去迎接神父的到來。鄉下樂隊演奏著感性的曲子，這時來了個男孩，他氣喘吁吁，筋疲力竭，告知神父的騾子已經出現在那條街的前一個轉彎處。於是樂師換個姿勢，開始奏起一首進行曲。發表歡迎感言的人爬上臨時搭蓋的臺子，等待神父出現，準備向他問候。但半晌過後，進行曲停頓下來，演說者爬下桌子，群眾目瞪口呆地看著一個外地人騎著一頭騾子，騾子的臀部馱著一個在馬康多從未看過的巨大衣箱。那個男人往村子而去，沒有看任何人一眼。儘管神父可能便裝上路，卻沒人會把這個皮膚黝黑、套著軍人綁腿的旅人當成是便服打扮的神父。

事實上，他確實不是神父，因為就在這個時刻，有人看見一位陌生的神父，從另外一頭的小徑進入村莊，他是個動作慢吞吞的瘦子，有張瘦癟的臉，面露傲氣，跨騎騾子，長袍拉高到膝蓋上，撐著一把褪色的破傘遮擋烈陽。神父在教堂附近問人教區神父的住所在哪裡，不過他應該是問到一個搞不清楚狀況的人，因為那人回答：「神父，就是教堂後面的那間小屋子。」女人不在家，門半開著，孩子在裡面玩耍。神父下騾子，把鼓漲的衣箱拖到小屋前，那箱子半開著沒有上鎖，只用跟衣箱本身附的皮帶不同的另外一條固定，神父仔細打量小屋子一番後，把騾子拉過來，綁在院子的葡萄藤蔭下。接著，他打開衣箱，拉出一張應該跟那把傘同樣年代久遠的吊床，斜掛在房間裡的兩根柱子上，他脫下靴子，試著睡一下，不理會那個孩子正睜著驚恐的圓眼睛看著他。

那女人回來時，想必對神父莫名其妙地出現感到不知所措，神父的表情十分漠然，看起來跟牛頭蓋骨相差無幾。女人想必是躡手躡腳地穿過房間。想必把摺疊的單人床搬到門口，打包她的衣物和孩子破爛的衣服，一臉茫然地離開了小屋，連水甕和水罐也顧不著，因為一個小時過後，當歡迎隊伍從反方向穿越村莊，後頭跟著演奏軍樂的樂隊，兩旁夾雜著一大群溜出學校的孩童，有人發現神父在小屋裡，他孤零零一個，懶懶地躺在吊床上，鬆開長袍，沒穿鞋子。想必有個人到主街去通知這個消息，但沒人想到問神父在那個小屋裡做什麼。大家想必以為神父跟那個女人有什麼親戚關係，同樣地，那個女人離開小屋是她以為神父受命住在那裡，或僅僅是怕有人問起她為什麼沒付房租也沒經任何人允許，白住一間不是自己的屋子兩年多。歡迎隊伍也沒尋求解釋，不論是當下或者之後，因為神父不想聽什麼歡迎感言，他把禮物擲在地上，冷冷地跟男女村民快速打過招呼，因為他說他一整晚都沒闔眼。

歡迎隊伍從未見過這樣怪異的神父，大家看到他的冷漠接見後，便紛紛散去。神父有張像牛頭蓋骨的臉孔，剃成平頭的灰髮，嘴唇薄得看不見，像極了一道橫切口，似乎不是天生就開在嘴巴位置，而是後來出其不意地劃上的一道刀傷。同樣那天下午，有人發現他很眼熟。天亮前，全村的人都知道了他到底是誰。他們記得當馬康多還是幾棟難民聚集而住的簡陋屋舍時，看過他拿著彈弓和石頭，全身光溜溜，可是穿著鞋子和戴著帽子。老兵們憶起他在八五年內戰時的事蹟。他們記得他十七歲那年當上上校，他大膽又頑固，是個反政府主義分子。只是在馬康多，再也沒人聽過他的消息，直到這一天他回鄉負責教區的教堂。沒有幾個人記得他的教名。相反地，大多數老兵記得他的母親替他取的小名（因為他個性任性叛逆），也就是戰友在認識他之後熟悉的名字。大家都叫他：狗崽。於是馬康多的居民繼續這麼叫他，一直到他離開人世的那天。

「狗崽，小狗崽。」

因此，這個男人到我們家那天，幾乎是跟狗崽同時抵達馬康多。他沿著主街而行，沒人預料他的到來，也沒人知道他的名字或職業；全村的人在主街等的是神父，神父卻從小徑進村。

歡迎儀式過後，我回到家裡。我們剛在餐桌邊坐下來——比平常時間晚一點，梅妹就過來對我說：「上校，上校，有個外地人在辦公室等著見您。」我說：「請他過來吧。」梅妹回答：「他在辦公室，而且說他急著見您。」艾黛萊妲放下餵伊莎貝爾喝的湯（當時她不到五歲），去接待剛上門的客人。半晌過後，她回來了，一臉憂心忡忡：

「他在辦公室裡繞圈踱步。」她說。

我看著她從燭臺後面走過去。接著，她繼續餵伊莎貝爾喝湯。「妳可以請他進來。」我說，繼續吃飯。而她說：「我本來打算那麼做。可是我到辦公室時，他在裡面繞圈踱步，我對他說午安，他沒回答，因為他正在凝視擱板上的發條芭蕾舞伶。當我正打算再道一聲午安，他替那個芭蕾舞伶上發條，然後欣賞舞姿。不知道是不是音樂，他沒聽見，我站在他俯身的辦公桌前，再一次道午安時，他欣賞的那個芭蕾舞伶還繼續轉了一會兒。」艾黛萊姐餵著伊莎貝爾喝湯。我對她說：「他應該對那個玩具很感興趣。」她一邊繼續餵伊莎貝爾喝湯，一邊說：「他原本在辦公室裡繞圈，後來看到芭蕾舞伶，把它拿下來，那副模樣，像是早就知道那是做什麼用似地了解它的功能。他在我第一次對他說午安時上了發條，那時音樂還沒開始響起。他把芭蕾舞伶擺在桌上欣賞，但是臉上沒有笑容，彷彿是他感興趣的不是舞蹈，而是機械裝置。」

從來沒人會特意通知我誰來了，當時幾乎每天都有人登門拜訪：熟識的旅人會把牲畜留在馬廄，帶著滿滿的信任，期待相遇的熟悉感，過來相見，我們的餐桌總會留個位置給他們。我對艾黛萊妲說：「他應該是帶了口信之類的過來吧。」而她說：「總之，他的舉止很詭異。他盯著芭蕾舞伶瞧，直到發條轉完，而我站在書桌前面不知道該對他說些什麼，因為我知道音樂不停的話，他不會回我的話。之後，發條轉完時，芭蕾舞伶跟平常一樣跳一下，他還是繼續俯身在書桌上，帶著好奇打量，並沒有坐下。這一刻，他瞥了我一眼，我發現他知道我出現在辦公室內，但並不想理會我，因為他想知道芭蕾舞伶跳舞需要多久時間。但這時，我不再跟他道午安，而是在他看著我時送上微笑，他有雙巨大的眼睛，瞳孔是黃色的，就像能一眼把人全身上下打量完畢。當我送上微笑時，他依然表情嚴肅，但是非常正式地點了個頭，並說：『上校呢？我需要見的是上校。』他的聲音深沉，像是閉著嘴巴說話。他就像口技表演者。」

她依舊餵著伊莎貝爾吃飯。我繼續吃午飯，因為我以為他不過是捎來口信；因為我不曉得那天下午開啟了在今天落幕的事端。

艾黛萊妲繼續餵伊莎貝爾喝湯，並說：「一開始，他在辦公室裡兜圈子踱步。」這一刻，我明白這個異鄉人留給她出奇深刻的印象，讓她特別希望我前去招呼。然而，我還是吃著午飯，她還是一邊餵伊莎貝爾喝湯，一邊聊著。她說：

「之後，他說他想見上校，我說麻煩他到飯廳來，他卻拿著芭蕾舞伶，站在原地伸展懶腰。接著他抬起頭，像個士兵那樣用力地挺直身體，我會這麼感覺，是因為他穿著高筒靴和一件普通衣服，襯衫緊扣到脖子。我實在不知道該對他說些什麼，因為他不回答，保持安靜，手拿著那玩具，像是在等我離開辦公室，好讓他可以再上一次發條。突然間，我覺得他似曾相識，我想應該是某位軍人吧。」

我對她說：「那麼妳認為這有什麼重要？」我看向她，視線越過燭臺。她沒看我，她正在餵伊莎貝爾喝湯。她說：

「我到那裡時，他正在裡面繞圈，所以看不見他的臉。但一會兒過後，他在辦公室盡頭停下腳步，高高地抬起頭，那雙眼直直地投射過來，給我一種像是軍人的感覺，我問他是不是想私下見上校？他肯定地點點頭。於是我想對他說他看來似曾相識，或者更清楚地說，他就是似曾相識的那個人，不過我搞不清楚這想法是怎麼來的。」

我繼續吃午飯，可是視線越過燭臺看著她。她停止餵伊莎貝爾喝湯。她說：

「我有把握那絕對不是什麼口信。我有把握他不是似曾相識，他就是似曾相識的那個人沒錯。我有把握，或者更清楚地說，他是個軍人。他留著尖尖的黑色八字鬍，有一張古銅色的臉。他穿著一雙高筒靴，我有把握他不是似曾相識，而就是似曾相識的那個人。」

她敘述的語調沒有起伏、單調，重複千篇一律的話。天氣很熱，或許如此，我開始心浮氣躁。我對她說：「喔？是哪個似曾相識的人？」她說：「我到那裡時，他正在裡面繞圈，所以看不見他的臉，等了一會兒才看到。」於是我對她單調的語調和千篇一律的話感到氣惱：「好啦，好啦，等我吃完就去見他。」而她又開始餵伊莎貝爾喝湯：「一開始，我看不見他的臉，因為他在辦公室裡繞圈踱步。但一會兒過後，當我對他說，麻煩他過來這裡，他拿著芭蕾舞伶，靠著牆壁安靜下來。就是這一刻，我感覺他似曾相識，然後過來通知你。他有一雙巨大的眼睛，眼神輕浮，當我轉身準備離開時，可以感覺到他正直勾勾地盯著我的雙腿。」

她突然安靜下來。飯廳裡迴盪著湯匙叮叮咚咚的響聲。我吃完午飯，把餐巾壓在餐盤下面。

就在這個動作之間，辦公室傳來那個發條玩具歡樂的樂聲。

4

家裡的廚房有張老舊的雕花椅子，椅腳少了橫木，外公會把鞋子擺在破損的椅面，放在爐灶旁烤乾。

昨天的這個時間，我跟托比亞斯、亞伯拉罕、吉貝爾托溜出學校，帶著一支彈弓，一頂拿來趕鳥的大帽子，和一把新的小刀去香蕉園。半路上，我想起那張擺在廚房角落的破椅子，曾在某段時間用來接待訪客，現在每到黑夜，都有個戴著帽子的鬼魂坐在上面，凝望爐灶裡熄滅的灰燼。

托比亞斯跟吉貝爾托走向幽暗的香蕉園深處。早上下過雨，他們踩在沾黏爛泥的溼滑青草上。他們其中一個吹起口哨，那個刺耳、有力、尖銳的哨聲在植物環繞的坑穴中迴盪，像是有人在隧道裡唱歌。亞伯拉罕跟我走在後面。他拿著彈弓和準備拿來發射的石頭。我拿著打開的小刀。

突然間，陽光穿透密密交織的厚重樹葉，有個光亮的輪廓墜落在青草之間，像是活生生的鳥兒奮力拍動翅膀。「看見沒？」亞伯拉罕說。我往前看，看見走向香蕉園深處的吉貝爾托跟托比亞斯。「那不是鳥。」我說。「是用力鑽進來的陽光。」

他們走到河邊，脫掉衣服，用力地踩踏暮色下的水面，身體恍若都沒沾溼。「今天下午連一隻鳥都沒有。」亞伯拉罕說。「下雨天不會有鳥。」我說。我是真的相信我說的話。亞伯拉罕笑了出來。他的笑是那種單純的傻笑，笑聲像是水池的一柱水聲。他脫掉衣服。「我要拿小刀下水，裝一帽子的魚回來。」他說。

亞伯拉罕赤裸裸地站在我面前，他張開手等著拿小刀。我沒有馬上回應他。我緊握著小刀，感覺手中乾淨的刀面是溫熱的。

我心想，**我才不要把小刀給他**。於是我對他說：「我不要把小刀給你。我昨天才收到，我想一個下午都拿著。」亞伯拉罕依舊攤著手。於是我對他說：

「想得美。」

亞伯拉罕懂我的意思。只有他懂我的用字。「好吧。」他說，然後穿過飄著濃濃酸味的空氣，走向那片水。他說：「快脫衣服吧，我們在石頭那邊等你。」說完，他跳入水中，浮出水面時，像條銀色的巨魚閃閃發亮，他觸水的剎那，水彷彿又變回液體。

我待在岸邊，躺在溫暖的泥巴上。我再一次打開小刀，不再看亞伯拉罕，我抬起視線，看向右邊的另外一頭，看向樹木之上，看向一片紅豔豔的晚霞，天空像是一座著火的馬廄般壯觀。

「快一點。」在另外一頭的亞伯拉罕說。托比亞斯在石頭邊繼續吹口哨。這時我心想：**今天不下水。明天吧。**

回家路上，亞伯拉罕躲進一片荊棘灌木叢後面。我打算跟過去，但是他對我說：「別過來。我很忙。」我留在外面，坐在路上的落葉堆上，看著天空唯一的一隻燕子飛過畫出的弧線蹤跡。我說：

「今天下午只有一隻燕子。」

亞伯拉罕沒有立刻回答。他安靜地躲在荊棘灌木叢後面，像是聽不到我說的話，像是在讀些什麼。他的安靜是那樣深沉而專注，充滿一種無形的力量。安靜好一陣子之後，他才嘆了口氣。這時他說：

「好幾隻燕子。」

我再對他說一遍：「今天下午只有一隻燕子。」亞伯拉罕繼續待在荊棘灌木叢後面，不知道在做些什麼。他安靜而專注，但是他的靜止不是不動的。那是一種不耐而猛烈的靜止。過了半晌，他說：

「一隻而已？喔，對。當然，當然。」

現在輪到我不說話。他開始在荊棘灌木叢後面摸索。我坐在落葉堆上，感覺他那邊傳來他腳踩落葉的窸窣聲。接著，他又安靜下來，彷彿離開了那裡。之後，他深深地吸口氣，開口問：

「你說什麼？」

我再對他說一遍：「今天下午只有一隻燕子。」我說的時候，看見燕子張著彎彎的翅膀在藍得不可思議的天空盤旋。「牠在那裡高高地飛著。」我說。

亞伯拉罕立刻回答：

「喔，對。當然。那應該是因為這樣吧。」

他從荊棘灌木叢後面出來，扣上褲子。他往上抬頭，看向繼續在那兒盤旋的燕子，他還沒看我就說：

「你剛才跟我說燕子，究竟是要說什麼？」

我們因為這件事耽擱了時間。當我們回到村莊時，燈火已經亮起。我跑回家，在長廊上撞見兩個瞎眼的胖女人，她們倆是來自聖赫羅尼莫的雙胞胎，媽媽說，早在我出生以前，她們每逢禮拜二就會上門來給外公唱歌。

一整晚我都在想，今天還要再溜出學校到河邊玩，可是不跟托比亞斯和吉貝爾托一起去。我想跟亞伯拉罕單獨去，看他跳下水，像條銀魚浮出水面，和那發亮的肚子。一整晚我都巴望著，跟他單獨從昏暗的綠色隧道走回來，走路時磨蹭他的大腿。每次磨蹭，我總感覺像有人輕輕地咬我幾口，讓我直起雞皮疙瘩。

如果跟外公在另一個房間講話的那個男人很快回來，或許我們就能在下午四點前回到家。那麼我就能跟亞伯拉罕去河邊。

他留下來住我們家。他住在長廊上的一個房間，對街那間，我想那裡很適合他；因為我知道依他那種個性適應不了村莊的小旅舍。他在門上貼了張告示（一直到幾年前翻新屋子時，那張告示還貼在原處，上面留著他用鉛筆寫下的草體字），一個禮拜後，那兒需要添幾張新椅子，應付大量上門的顧客。

他交給我那封奧雷里亞諾．波恩地亞上校的信之後，我們在辦公室談了許久，久到艾黛萊妲信以為他是負責什麼重要任務的高階軍官，於是準備了一桌豐盛的節慶菜餚。我們談著波恩地亞上校，談他早產的女兒，和他生性輕浮的長子。沒談太久，我就發現這個男人跟總軍需部長相識甚深，對方甚至把他當作心腹。當梅妹過來跟我們說飯菜已經上桌，我以為是妻子臨時燒了幾樣菜來招待剛到的客人。但是那桌山珍海味可不只是隨意湊合的幾樣菜，桌子鋪上新桌巾，擺著只在聖誕節和新年的家族餐宴上使用的餐盤瓷器。

艾黛萊妲坐在餐桌另外一頭，裝扮隆重，穿著一件天鵝絨洋裝，高領緊緊扣著，那是我們婚前她在城裡娘家招待賓客時才穿的服飾。艾黛萊妲的品味比我們精緻，婚後她的一些社交經驗逐漸影響我家的生活習慣。她戴上只在特別重要時刻才會亮相的家族紀念章項鍊，她全身上下如同那桌菜、家具和飯廳的氛圍，散發一種穩重又不失俐落的莊重氣息。醫生一向打扮隨便，舉止隨意，我們走進飯廳時，他必定是感到難堪，跟場面格格不入，因為他摸了摸脖子的鈕扣，彷彿自己打了領帶，而隨意有力的步伐洩漏一絲慌亂。除了我們踏進飯廳的這一刻，我不曾這麼深刻感覺自己打扮邋遢，來赴艾黛萊妲準備的盛宴。

桌上的菜色有牛肉也有野味。雖然說跟我們當時平常吃的食物一樣，但是使用新的瓷盤盛裝，擺在剛拋光過的閃閃發亮的燭臺之間，比起平常顯得別致和另有一番味道。妻子知道只接待一名訪客，但依然擺設了八套餐具，桌子中央的一瓶酒更展現她如此費盡心思，為的是向這個她從一開始就錯當成尊貴軍官的男人獻上敬意。我從沒看過家中充滿如此虛幻的氛圍。

若不是艾黛萊妲那雙手真實而醒目（她的手或許太白皙，但真的非常漂亮），修飾了她精心打扮的虛假外表，那身服裝或許會顯得荒謬可笑。就在客人檢查襯衫鈕扣和面露猶疑同時，我搶先一步開口：「醫生，這是我的第二任妻子。」艾黛萊妲的臉色暗下來，彷彿一朵烏雲遮蔽，跟剛才完全不同。她沒離開座位，伸出一隻手，面露微笑，但已不再像剛才我們進飯廳時那樣散發端莊而嚴謹的氣息。

訪客像軍人一樣擊響腳下的靴子，舉起手掌放到太陽穴邊，接著朝她走過去。

「您好，夫人。」他說。可是他沒叫出任何名字。

看著他握住艾黛萊妲的手，笨拙地搖了搖，我才注意到他的動作有多麼粗俗和土氣。

他在餐桌的另一頭坐下來，置身在嶄新的玻璃器皿和燭臺之間。他邋遢的模樣就像滴在餐桌上的湯漬。

艾黛萊妲替他倒酒。她一開始的熱情已轉為淡淡的緊張不安，像是說：**好吧，一切就照原本的計畫進行，但是你欠我一個解釋**。她倒完酒之後，在餐桌的另一頭坐下來，梅妹開始上菜，而他往後靠著椅背，雙手擱在桌布上，露出微笑說：

「小姐，聽著，請您煮一點青草茶，當作湯端給我喝吧。」

梅妹沒有動作。她試著送上微笑，無奈沒成功，於是她回過頭看向艾黛萊妲。這時，她也面帶微笑，但顯然目瞪口呆，她問：「哪種草？醫生。」而他慢吞吞，用他那摻雜鼻音像是反芻動物的聲音說：

「夫人，一般的青草就可以。騾子吃的那種青草。」

5

有那麼短短一分鐘，午睡銷聲匿跡。就在這一刻，連昆蟲最神秘、隱蔽和細微的活動也剎那打住；大自然停止運轉，萬物在一團亂的邊緣，女人支起身子，淌下口水，臉上印著枕頭的繡花圖案，天氣炎熱，內心又滿是積怨，她們悶得喘不過氣，心想著：「馬康多還是禮拜三。」於是她們再次蜷伏在角落，連結幻夢和現實，交織竊竊私語聲，彷彿那是一張村裡所有的女人共同編織的無邊無際的絲線床單。

如果屋裡跟屋外的時間都是同樣的步伐，或許我們正在大太陽底下，跟著棺木走在大街上。屋外天色或許比較晚。可能已是夜晚，可能已是深沉的九月月夜，女人們頂著泛綠的月光，坐在院子裡聊著，而我們遭到排擠的三人頂著九月的毒辣陽光，走在大街上。沒人會來阻撓這場葬禮。我期待村長能堅決反對葬禮，這樣一來我們可以回家，兒子可以去上學，爸爸可以穿著木鞋，擺上接水的臉盆，將清涼的水往頭頂倒，左手邊一壺冰涼的檸檬水。但是此刻場景截然不同。起初，我還以為村長不會撤銷他的決定，但爸爸再一次以他的觀點成功說服了他。屋外，村民個個情緒沸騰，同仇敵愾，他們不斷竊竊私語，語氣一致冷漠無情，街道上乾淨無比，自從風吹走最後一頭牛留下的足跡，地上連一顆乾淨的灰塵也不見蹤影。村莊恍若空城，每一戶都緊閉門窗，躲在房間裡，只聽見惡毒的字串無聲沸騰。兒子僵直地坐在這個房間裡，盯著自己的鞋子看；他瞄一眼檯燈，看一眼報紙，接著視線落在他的鞋子，最後多看了那個上吊的男人兩眼，那咬過的舌頭，那雙此刻失去生氣而不見貪婪的狗眼；他恍若失去貪欲的死狗。兒子看著他，想著吊死男人已經躺在棺木裡；當他露出哀淒神情，整個畫面改變：理髮店門口有張圓凳子，裡面有個小檯子和一面鏡子、白粉以及花露水。兒子的手不太一樣，變大了，布滿曬斑，這隻靈巧的大手帶著刻意緩慢的節奏，一絲不苟地磨利小刀，他聽著鈍刀的金屬摩擦聲，腦袋想：「今天是馬康多的禮拜三，他們會比較早上門。」於是他們來了，他們在陰涼處坐下來，倚著座椅，吹著門軸透進來的涼風，斜射兇惡的眼神，翹二郎腿，十指交纏環在膝前，嘴裡咬著香菸的蒂頭；他們談著同樣一件事，視線掃過四周，最後落在對面緊緊閉上的窗戶，蕾貝卡太太在屋內，裡面一片靜悄悄。她又犯了健忘的老毛病：忘記拔掉電風扇，她在裝著鐵窗的房間裡踱來踱去，神情緊張，情緒激動，她的守寡歲月乏味而痛苦，此刻正翻找日用家具，希望透過觸摸，相信自己不會在這場葬禮之前先死去。她打開又關上房間的門，等著午覺時間結束，主宰家中的時鐘甦醒過來，三點的鐘聲響起，撫慰她的心靈。這時兒子臉上的表情消失，身體再一次僵硬、挺直，而剛剛那一連串畫面，還不到某個女人踩下縫紉機最後一腳之後抬起滿頭燙髮夾所需要的一半時間。當兒子再一次坐直身體，若有所思，女人早已把縫紉機推去長廊的一角，那幾個男人抽了兩回菸，看著刀片一來一回後收起；下半身癱瘓的艾葛妲用盡最後力氣想喚醒猶如死灰的膝蓋，蕾貝卡太太再次轉開門鎖，心想：「馬康多的禮拜三，正是埋葬惡魔的良辰吉日。」但這時，兒子又動了一下，時間再一次變化。只要東西移動，就能察覺時間流逝。在這之前不是這樣。在某個東西移動之前，只有恍若永恆的時間，只有汗水溼透的襯衫貼著身軀，和已經死透而冰冷的死者，以及他吐露咬過的舌頭。因此，對上吊者來說時間是靜止的：即使我的兒子移動了手，他也不會知道。就在死者不知道時（兒子繼續移動他的手），艾葛妲應該又數了一遍念珠：蕾貝卡太太躺在摺疊椅上，一臉茫然地看著時鐘定格，不肯往下一分鐘前進，艾葛妲有空再數一遍念珠（儘管蕾貝卡太太的時鐘連秒針都沒往前邁進）和想著：「如果能到安赫神父那邊去，我一定去。」接著，兒子放下手，順勢折起那把小刀，一個坐在門軸涼風處的男人說：「差不多三點半了，對吧？」這時，那隻手停住。時鐘再一次垂死在下一分鐘旁，小刀再一次收進刀鞘裡；艾葛妲等待那隻手再一次移動，她準備張開雙臂，踏出膝蓋恢復靈活的兩條腿，衝進聖器室說：「神父，神父。」可是兒子安靜不動，安赫神父倒在那裡面，伸出舌頭舔舐惡夢中肉丸子在嘴脣留下的黏答答滋味，當他看見艾葛妲，或許會說：

「這必定是神蹟。」接著，回頭繼續睡悶熱的午覺，就在昏昏沉沉中，他滿身大汗，淌流口水，咳聲嘆氣說：「總之，艾葛妲，現在不是對那些在煉獄中受苦的靈魂舉行彌撒的時間。」但沒有任何動靜，爸爸走進房間，兩個時間再一次合而為一；對切兩半的時間牢牢地結合，蕾貝卡太太的時鐘發現我的兒子慢吞吞，寡婦煩躁難耐，不知該如何是好，最後它打個呵欠，迷迷糊糊，跳進當前奇異寧靜的時間之海，接著浮出水面，全身淌流時間的水，那是修正過後的準確時間，然後它往前邁進，帶著高尚的尊嚴說：「現在時刻二點四十七分整。」爸爸不知道他打破了凍結的時刻，他說：「女兒，妳魂不守舍。」我說：「您覺得可能會出事嗎？」他滿頭大汗，面露微笑說：「我相信，至少有很多人家裡會燒焦米飯和灑掉牛奶。」

現在棺木已經封上，但是我記住了死者的臉孔。我是記得那樣清楚，只要看向牆壁，就能看見那雙張開的眼睛，跟潮溼地面一樣灰色的鬆弛兩頰，一邊嘴角垂著咬過的舌頭。因此我感覺猶如火燒般坐立難安。或許是褲子的一邊一直勒得很緊。

外公在媽媽身邊坐了下來。他從隔壁房間回來後，就搬了椅子過來，現在一直待在這裡，坐在她旁邊，一句話都沒說，下巴靠著拐杖上，那條跛腿往前伸去。外公等待著。媽媽也跟他一樣在等待。那些工人抽完菸，現在安安靜靜、規規矩矩地坐在床上的，視線迴避棺木，他們也在等待。

如果有人蒙住我的眼睛，牽著我繞著村莊走二十圈，再帶我回到這個房間，我依然能從味道分辨自己在哪裡。我永遠都不會忘記這個房間彌漫的垃圾臭味，成堆的衣箱氣味，儘管我只看到一個我跟亞伯拉罕都躲得進去的衣箱，或許還有多餘空間給托比亞斯擠一擠。我能從氣味認出不同的房間。

去年，艾妲要我坐在她腿上。我瞇著眼睛，隔著睫毛瞄她。我看見暗色的輪廓，彷彿她不是個人，只是一張臉孔，她望著我，搖啊晃的，發出綿羊的叫聲。就在快要睡著那時，我聞到一股氣味。

我認得屋子裡的每一種氣味。每當獨自待在長廊上，我會閉上眼睛，打開雙臂往前走。我心想：「聞到混合樟腦味的蘭姆酒氣味，就是到了外公的房間。」我閉著眼睛和伸出手臂繼續往前走。我心想：「現在經過的是媽媽的房間，因為聞起來有新紙牌的氣味。等一下會出現瀝青和樟腦丸的氣味。」我繼續走，就在聞到新紙牌的那瞬間，我聽見了媽媽的聲音，她正在房間裡唱歌。這時瀝青和樟腦丸的味道也浮現。我心想：「待會兒還會聞到樟腦丸味。趁這種味道還沒消失時左彎，撲鼻而來的會是白布和窗戶緊閉的氣味。到了那裡，就要停下來。」然後，當我再繼續走三步，就聞到那股全然不同的氣味，我安靜下來，就這樣閉著眼睛和打開雙臂杵在那裡，聽見艾妲大叫的聲音：「孩子，你閉著眼睛走路。」

那晚，快進入夢鄉時，我聞到一股從沒在屋子裡的房間出現的氣味。那是一種濃烈又溫暖的花香，像是有人正在搖茉莉樹。我睜開眼，嗅著充滿濃郁花香的空氣。我說：「妳聞到了嗎？」艾妲原本看著我，但聽見我的話，她閉上眼睛，別開了臉。我再對她說一次：「妳聞到了嗎？好像哪兒有茉莉花。」於是她說：

「那是九年前種在牆邊的茉莉花的花香。」

我坐在她的腿上。「可是現在沒有茉莉花啦。」我說。她回答：「現在沒有。可是九年前有，就在你出生那時，院子的牆邊有一叢茉莉花。那時每逢炎熱的夜晚會聞到跟現在一樣的花香。」我靠著她的肩膀，看著她講話時的嘴巴。「但那是我出生以前的事。」她說：「在那個時候寒冬降臨，不得不把花園清空。」

溫暖的花香味縈繞不去，彷彿觸手可及，跟夜晚的其他氣味一起飄盪。我對艾妲說：「我想聽妳講講那是怎麼一回事。」她安靜片刻，接著瞥一眼月光撫照下的白色石灰牆並說：

「等你長大，就會懂茉莉花是一種會魂魄出竅的花。」

我聽不懂，但感到一陣怪異的冷顫，彷彿有人碰了我一下。

我說：「好吧。」她說：「茉莉花跟人一樣死後會在夜晚出來遊蕩。」

我靠著她的肩膀，什麼話也沒說。我正想著其他事，想著廚房裡的那張椅子，每逢下雨天，外公會在那破掉的坐墊上烘鞋。從這一刻起，我明白了每晚廚房裡都有個死人，他戴著帽子坐在那兒凝視爐灶熄滅的灰燼。過了半晌，我說：「坐在廚房裡的那個人應該是死人。」艾妲看著我，瞪大眼睛說：「哪個死人？」我對她說：「那個每天晚上都會坐在外公烘鞋的椅子上的死人。」她說：「那裡沒什麼死人。那張椅子放在爐灶邊，是因為除了烘鞋，沒有其他用處。」

這是去年發生的事。現在是完全不同的情境，現在我看到了屍體，閉上眼睛後，還能在漆黑的眼底看到他。我想告訴媽媽，但她開始跟外公講起話來。「您覺得可能會出事嗎？」她說。外公從拐杖抬起頭，搖了搖：「我相信，至少有很多人家裡會燒焦米飯和灑掉牛奶。」

6

起先，醫生睡到七點。他出現在廚房時，總是一件無領襯衫，扣子扣到最上面一顆，縐巴巴的髒袖子捲到手肘，滿是汙漬的褲子拉高到前胸，腰帶卻繫在遠比褲腰還要低的位置。這個模樣給人感覺那條褲子像是要往下滑，這是因為體型不夠結實，撐不起來。他沒變瘦，但臉孔已不復見第一年來的時候軍人的那種倨傲神情，只剩懶散和疲憊，這種男人不知道人生下一分鐘會如何，也不想費心弄清楚。七點過後，他喝完黑咖啡，跟大家淡淡地打聲招呼，就回房間去。

在我們家住了四年後，他在馬康多已贏得認真專業的名聲，然而他性格粗魯，不按牌理出牌，大家對他並非肅然起敬，而是心存畏懼。

在香蕉公司到來和蓋鐵路之前，村裡只有他一個醫生。在那之後，他的小房間開始出現空椅子。他來到馬康多後行醫四年，然而就在香蕉公司替員工建立醫療設施之後，找他看病的群眾便紛紛離去。他應當看出那一大堆落葉衝出不同方向，只是什麼也沒說。他繼續開著臨街的門，坐在他的皮椅上，一整天下來有很多人經過，卻沒有一個病患回診。於是他鎖上門，買了一張吊床，把自己關在房間裡。

那段時間，梅妹習慣端香蕉和柳橙給他當早餐吃。他吃完水果，就把果皮扔在牆角，到了禮拜六，梅妹來打掃房間時再清走。光看他的行為舉止，任誰都相信他根本不在意禮拜六有沒有人來打掃，房間是否淪為垃圾堆。

這個時候，他成天無所事事。他躺在吊床上搖來晃去，虛度時光。從半掩的門，能看見他在昏暗中的身影，乾癟的臉孔一片漠然，頂著一頭亂髮，那雙嚴厲的黃眼睛只剩下微弱的生氣，不容置疑，他已開始自覺被環境擊垮。

他借住我們家的最初幾年，艾黛萊姐總是表面冷漠或者忍耐，內心則是尊重我的意願，讓他留在家裡。但在診所關閉之後，他只在吃飯時間離開房間，坐在餐桌旁的他，總是沉默不語，愁容滿面，一副要死不活的模樣，我的妻子終於忍無可忍。她對我說：「繼續養他簡直荒謬。我們就像在供養惡魔。」我對他一直抱著一種交雜憐憫、敬佩和同情的複雜情感（此刻，就算我再怎麼想扭曲他，還是擺脫不了對他深切的同情），我堅持地說：「養他是必要的。他在這個世界上無依無靠，他需要有人了解。」

不久之後，鐵路通車。馬康多變成一座繁榮的村莊，到處充斥新的面孔，開了一間戲院和新的娛樂場所。那時，除了他之外，每個人都有工作。他繼續過著離群索居的生活，只在早餐時間出其不意地出現在飯廳，狀似自然地聊了起來，甚至侃侃而談村莊美好的未來展望。我是在那天早上第一次聽到這個詞。他吐了出來：「等我們習慣**這一大堆落葉**的存在之後，所有的這一切就會消失無蹤。」

幾個月後，他經常在日落前出門。他會到理髮廳，坐在那兒幾個小時，直到夜幕降臨，他跟著聚在門口與人聊天，一旁有面活動鏡臺，或理髮師拿到街上的高腳凳，供顧客享受日落時刻的涼爽。

香蕉公司的醫生不只斬斷他的謀生之路，一九〇七那年，馬康多已經沒半個病人記得他，而他也看開了，不再等待病人上門，卻有個香蕉公司的醫生建議村長，要求村莊裡所有的醫生登記行醫執照。某個禮拜一，廣場的四個角落貼起告示，他應該沒自覺自己是告示中暗示的人。還是我提醒他做到這個要求。但是他冷靜、漠然，只是回答：「上校，我不要。這件事已經與我無關。」我一直不知道他是否真有合法的行醫執照。我也不知道他是不是如同猜測是個法國人，或者他是否還記得他的家人，因為他隻字不提。過了幾個禮拜，村長跟他的秘書來到我家，要他出示行醫執照，他斷然拒絕從房間出來。這一天，我發現我們連他叫什麼名字都不知道，而我們已同住在一個屋簷下五年，同桌共餐也五年了。

其實不必要滿十七歲（當時剛滿這個年紀），自從在教堂看見精心打扮的梅妹，以及之後跟她在小藥局談心，我就發覺我們家對街的那個小房間緊緊關閉。後來，我得知是繼母加上掛鎖，禁止有人碰觸留在房間裡的所有東西：醫生在買吊床前睡過的床鋪、放置藥物的小桌子；他沒把這張桌子搬去街角的藥房，只帶走最風光的那幾年所攢下的錢（金額應該不少，他住我們家沒什麼花費，足以拿來給梅妹開小藥局），此外，在一堆雜物和屬於他的語言的舊報紙中間，還有個臉盆和幾件不能穿的個人衣物。在繼母看來，這些東西全遭到汙染，是有害、甚至極其邪惡的。

我發現小房間上鎖，應該是在十月還是十一月（距離梅妹跟他離開我們家三年過後），因為隔年初我開始想著把那個房間給馬汀住。我希望婚後就住在那裡；我不停盤算那個房間；跟繼母聊天時，我甚至提到應該拿掉掛鎖，取消不准人進入的禁令，畢竟那裡是屋裡最隱密和舒適的空間。但是在我們縫製我的新娘禮服前，從沒人直接跟我提起醫生，更別說那間房間代表他，是他的一部分，只要屋裡還有人記得他，就不可能切斷他跟我們家的聯繫。

再過不到一年，我就要嫁人了。不知道是不是童年和青春期的環境所致，我對那段時間的事物恍然無知。但在準備婚禮的那幾個月，我的確還不知道許多事的秘密。嫁人的前一年，每當我想起馬汀，總有一種虛幻的不真實感。或許因為如此，我希望他在身邊，住在那個房間，才能相信他是個真實的人，而不是夢中相識的未婚夫。可是我拿不出勇氣跟繼母談我的想法。我應該要自然而然地說：「我要拿掉掛鎖。我要把桌子放窗邊，把床靠在裡邊的牆壁。我要在架子上擺一盆康乃馨，在門楣掛上一束蘆薈。」但我膽子太小，優柔寡斷，於是未婚夫的模樣變得越來越模糊。他在我的記憶裡化為黯淡、朦朧的影子，唯一清楚的似乎是那油亮的八字鬍，微微往左歪的腦袋，和永遠穿在身上的那件四顆扣子的外套。

七月底，他來到我們家。他整天都跟我們在一起，跟爸爸在辦公室裡聊天，話題總是圍繞著一樁我從沒能弄清楚的生意。下午，我跟馬汀以及我的繼母會去香蕉園。但就在回家的路上，我跟我的另一半走在一起，靠得那麼近，凝視他在紫紅暮色包圍下的輪廓，竟覺得他比以往更加抽象和縹緲。我知道我怎麼也無法把他想像成凡人，或者在他身上找到真實的存在感，我無法從他的回憶中汲取勇氣，在該說的那一刻堅強地說出口：「我想整理那個房間給馬汀。」

婚期前一年，我甚至感覺要嫁給他也是虛幻的。我是在二月那場帕洛克馬多的孩子守靈會上認識他的。當時我們幾個女孩拍掌唱歌，努力在唯一能參與的活動盡興地玩。在馬康多有一間電影院，一臺公用留聲機和其他娛樂場所，但是爸爸和繼母反對我這個年紀的女孩到那裡玩樂。他們說：「那是大堆落葉的娛樂活動。」

二月天的正午，天氣炎熱。爸爸在午睡，我和繼母坐在長廊上拿著白布刺繡。我們埋頭做針線活，直到他拖著木鞋經過，到臉盆邊潑溼他的頭。但是二月入夜後涼爽而深沉，整座村莊都聽得見女人們在孩子守靈會上的歌聲。

我們去參加帕洛克馬多的孩子守靈會的那晚，梅妹．歐羅茲克的歌聲比任何時刻都還嘹喨。她的身材乾癟、難看和僵硬，活像根掃把，但是她唱歌的技巧無人能及。在第一場休息時，潔娜薇娃．賈西亞說：「外頭坐著一個外地人。」我想，當時除了梅妹．歐羅茲克，大家都停下唱歌。「各位想像一下，他穿著外套來這裡。」潔娜薇娃．賈西亞說。「他一整晚都滔滔不絕，其他人都安靜聽著，沒人搶話。他穿著一件四顆鈕扣的外套，翹著二郎腿，露出吊帶襪和綁帶靴子。」梅妹．歐羅茲克繼續引吭高歌，我們拍起手來，並說：「我們要嫁給他。」

事後，當我在家回想這件事，卻無法把描述他的字眼和現實連結在一塊。我記得的那些話彷彿出自一群假想出來的女人，她們在死了一個虛構的孩子的一戶人家拍手唱歌。

我們身邊有其他女人在抽菸。她們表情嚴肅，眼觀四處，朝著我們伸來跟黑美洲鷲一般長的脖子。後面，有另一個女人靠在透風的軸眼上，她裹著一條包頭的黑披巾，正在等咖啡煮沸。突然間，有個男人的歌聲加入我們的和聲。起先那歌聲有些驚慌失措，抓不著方向。但不久後就變得鏗鏘有力，彷彿在教堂裡高歌。潔娜薇娃・賈西亞用手肘頂了我的肋骨一下。我抬起視線，第一次見到他。他是個儀表整潔的年輕人，戴著漿過的硬領和一件四顆扣子的外套。他正注視著我。

我聽說他十二月要回來，心想再也沒有比那個緊緊關閉的房間更適合他落腳。可是我已經想不起來他的模樣。我喃喃自語：「馬汀，馬汀，馬汀。」他的名字經過細審、咀嚼，和拆解成塊，對我來說已喪失所有的意義。

離開守靈會時，他拿著一個空杯在我面前搖晃。他說：「我在咖啡裡看到妳的命運。」我跟著其他女孩，往門口走去，又聽見了他低沉、自信和平靜的聲音：「數七顆星星，就會夢見我。」踏出門口，我們看見躺在小棺木裡的帕洛克馬多的孩子，他的臉上覆蓋一層米磨粉，嘴巴插上一朵玫瑰，兩邊眼皮用牙籤撐開。我們感覺二月的空氣飄浮著他淡淡的死亡氣味，和摻雜房裡被熱氣折磨過的茉莉花和紫羅蘭的香氣。可是就在死者的靜默中，有一個獨特的聲音縈繞不去。「記住。只要數七顆星星。」

七月，他來到我們家。他喜歡倚在扶手欄杆的花盆旁。他說：「記住，我從不敢看妳的眼睛。這是害怕墜入情網的男人的秘密。」沒錯，我不記得他那雙眼睛。已經七月了，我還是說不出即將在十二月共結連理的男人瞳孔是什麼顏色。然而，我卻記得六個月前一個籠罩深沉靜謐的二月正午時分，有一對公蜈蚣和母蜈蚣蜷縮在浴室的地板上；或每個禮拜二上門乞討一束檸檬香草的女乞丐；和他穿著一件從頭扣到尾的外套，模樣高傲，面露笑容說：「我會叫您時時刻刻思念我。我把您的肖像照掛在門後，在眼睛釘上大頭針。」潔娜薇娃．賈西亞笑得要死，她說：「男人專跟瓜希拉人學這種可笑的東西。」

大概三月底，他經常出入家裡，跟爸爸在辦公室待上許久，說服他某個我從沒搞清楚的東西有多重要。此刻，距離我結婚已經過了十一年；距離我看著他在火車窗邊對我說再見，要我在他回到我們身邊之前好好照顧孩子，已經過了九年。九年過去了，他無影無蹤，爸爸幫助他籌備那趟一去不復返的旅程，卻不曾對他何時回來提過隻字片語。但即使是我們結婚的那三年，他也沒有比在那場帕洛克馬多的孩子守靈會上，或是我跟潔娜薇娃．賈西亞到教堂第二次看到他時的那個三月的禮拜天，要來得真實和具體。當時他孤單一人站在旅館門口，雙手插在四顆扣子外套的側面口袋。他說：「那張肖像照上的大頭針掉了，這下子您一輩子都會想著我。」他說出這句話時，聲音是那樣低沉、緊張，聽起來煞有介事。這是個不一樣，而且不可思議的真實回憶。潔娜薇娃堅持地說：「那是瓜希拉人的垃圾。」她的表情看來嚴肅認真，儘管在那個禮拜天過後三個月，她就會跟木偶師劇團的老闆私奔。馬汀說：「一想到在馬康多有人記得我，我就覺得安心。」潔娜薇娃．賈西亞凝視他，那張氣急敗壞的臉扭曲起來，她說：

「想得美！您會穿著這件四顆鈕扣的外套腐爛而死。」

7

他想方設法，努力平易近人、待人熱切，卻事與願違，在村裡依然是個人人討厭的怪人。他跟馬康多的居民一起生活，可是與他們疏離，不論再怎麼改進，他還是擺脫不了過往回憶的包袱。大家好奇打量他，當他是頭蟄伏在暗處太久的恐怖野獸，重見天日後，全村的人都覺得他那觀察四周的行為虛假可疑。

每天黃昏，從理髮店回來，他就關在房間裡。他已經好一段時間不吃晚餐，起先，家裡以為他太累，回來後直接走向吊床，一覺睡到隔天。但沒過多久，我就發現他在夜裡有些詭異。他的房間傳來窸窣聲，持續不斷的動作聲響磨得人發瘋，他彷彿在深夜會見自己過往的幽魂，過去的他跟現在的他不斷打著一場無聲的仗，在打仗中，過往的他守護著他強烈的孤獨，他堅毅的自持，他絕不妥協的自我；而現在的他拿出無法撼動的可怕決心，想要擺脫過往的他。我聽見他在房間裡繞圈踱步到天明，直到疲倦終於襲來，直到他那看不見的敵手也筋疲力竭。

只有我一個人注意到他劇烈的改變，不再穿綁腿之後，他開始天天洗澡，在衣服灑花露水。幾個月過後，他的轉變到了極限，我對他不再只是從體諒的角度去忍受，而是變成憐憫。我訝異的不只是他全新的出門打扮。而是想像他每天夜裡關在房間內，刮除靴子上的泥土，將抹布放進臉盆裡打溼，替那雙連續穿了許多年的破鞋上油。我也訝異，他把刷子和一小盒鞋油收藏在床墊下，只為避開世人的目光，彷彿那是什麼見不得人的惡癖，因為多數的男人到了他這個年紀，都變得穩重謹慎。他正在度過姍姍來遲的乏味青春期，像個青少年費盡心思打扮，每晚，他都用手像冷燙般壓平衣服，即使不再年輕，卻渴望有個可以傾訴夢想或失落的朋友。

村裡的人大概也注意到他的改變，不久後開始傳言他愛上理髮師的女兒。我不知道這個說法是不是有憑有據，但可以確定的是，我聽了流言後發現，他在邋遢和不修邊幅的那些年，應該飽受了慾火的折磨，性生活貧瘠得可怕。

他越來越注重打扮，每天下午都到理髮店去。他穿著配上假領的襯衫，袖口別上鍍金鍊扣，套上燙過的乾淨褲子，只是那條皮帶始終沒繫進褲耳。他像個費心打扮的新郎，身上散發廉價花露水的香氣；他也像在情場屢吞敗仗的情人，年紀明明老大不小，卻老需要捧著花束初次登門拜訪。

就這樣，一九〇九年年初的幾個月，他驚動了大家，然而村裡的流言蜚語沒提到，有人看見他每天下午坐在理髮店跟外地人談天說地，卻沒人敢確定他見過理髮師的女兒。我發覺了流言多麼嗜血。村裡每個人都知道，理髮師的女兒曾遭鬼怪糾纏整整一年，到現在還沒出嫁，這個看不見的情人會撒幾把土在她的食物中，弄濁水甕裡的水，搞髒理髮廳的鏡子，動手毆打她，打到她鼻青臉腫。**狗崽**拿聖帶鞭打她，逼不得已借助聖水、聖物和聖油的力量，進行一連串複雜難懂的治療，然而再怎麼努力都枉然。理髮師的妻子甚至採用極端手段，把中邪的女兒關在房間裡，在客廳撒上一把把白米，把她交給那個無形的愛慕者，讓他們在荒涼的陰間共度蜜月，後來馬康多的男人居然傳言理髮師的女兒珠胎暗結。

不到一年，還沒等到聳人聽聞的分娩降臨，大眾的好奇心已經轉向醫生愛上理髮師女兒這件事，儘管每個人都心知肚明，那位一直被關在房裡的中邪女孩，還沒跟可能的愛慕者論及婚嫁前，早已香消玉殞。

因此，我知道那是嗜血的流言蜚語，而不是有根據的揣測。一九〇九年年底，他依然上理髮廳，人們繼續談論這件事，想像婚禮，卻沒有人敢說那個女孩曾在他上門時出現，或者有機會跟他說上半句話。

十三年前，在一個跟此刻一樣毫無生氣的炙熱九月，繼母開始縫製我的新娘禮服。每天下午，我們趁爸爸午睡時，一起坐在扶手的花盆邊縫製，一旁有個燃燒迷迭香的小爐子。我這輩子度過的每個九月都是這種天氣，不論是十三年前或更久之前。我們只打算邀請親朋好友參加婚禮（這是爸爸的安排），因此我們慢慢地縫，就像不急的人只求細心謹慎，以最恰當的時間步調幹細活。我們一邊縫製一邊聊天。我依舊心繫臨街的那個房間，我凝聚勇氣，打算跟繼母說那裡最適合安排馬汀住下來。於是我就在這天下午說了出口。

繼母正在縫製拖尾的長裙襬，那個令人難以忍受的白熱九月只聽得到響亮的蟬鳴迴盪，在刺得人睜不開眼的陽光底下，她像是被九月的雲氣包圍，肩膀以上朦朧不清。繼母說：「不行。」接著，她繼續手中的針線活，感覺八年來的苦澀時光掠過眼前：「天主不許再有人踏進那間臥室。」

七月，馬汀回來了，但是他沒住家裡。他喜歡依偎在扶手旁的花盆邊，視線凝視他方。他總愛說：「這後半輩子我想住在馬康多。」每天下午，我們陪繼母去香蕉園散步，最晚趕在村裡點亮燈火前回家，恰好是吃飯時間。這段時間他對我說：「就算不是為妳，我還是想定居在馬康多。」那講話的模樣，也讓這句話聽起來像是真的。

這時醫生離開我們家已經四年。就在我們真正著手縫製新娘禮服的那天下午──我對她說把房間給馬汀住的那個悶熱下午，繼母第一次對我講起醫生的怪癖。

「五年前，」她說。「他還像隻動物關在那個房間裡。他不只像動物，而是像草食性動物，像反芻動物，像任何戴著牛軛的牛。當初他若娶理髮師的女兒，或許這一切就不會發生，那個虛偽的女人竟然能把村民騙得團團轉，編出那種跟鬼怪度過荒唐的蜜月還懷胎的天大謊言。但出乎意料，他不再去理髮店，他的轉變讓人看見他有條不紊地進行的詭計，最終來到新的一章。那次風波過後，只有妳爸爸還認為這樣習性卑劣的男人應該繼續住在我們家，他的行徑像動物，惹得人心浮躁，給人機會嚼我們的舌根子，好像我們一直在挑戰道德和善良風俗。他的詭計以拐走梅妹畫下成功的句點。但即便在當時，妳爸爸也不願意承認他錯得多麼離譜。」

「我從沒聽過這些。」我說。夏蟬唧唧鳴叫，院子裡像是蓋了一座鋸木廠。繼母講著，但沒放下手邊的工作，視線也沒離開手中正縫上圖案的繡框，和那穿插交錯的白色線路。她說：「那天晚上，我們坐在桌邊（除了他之外，所有人都在，因為自從他最後一次從理髮店回來，就不再吃晚餐），梅妹服侍我們吃飯。她有點不太對勁兒。我問她：『梅妹，妳怎麼啦？』『夫人，我沒事。為什麼這麼問？』但是我們都知道她不太舒服，因為她站在燈旁，身體搖搖晃晃，整個人病懨懨的。『老天哪，梅妹，妳看起來不太舒服。』我說。她努力撐著，直到拿托盤轉身想回廚房。這時，妳那一直觀察她的爸爸對她說：『如果不舒服，就上床休息吧。』但是她半聲不吭。她拿著托盤，背對我們繼續往前走，直到我們聽見陶瓷摔碎的聲音。梅妹在長廊上，指甲緊緊地摳住牆壁，支撐身體。這時，妳爸爸去那間臥室找他，要他替梅妹看病。」

「他住我們家的這八年，」繼母說。「我們從未為了小事，尋求他專業上的幫忙。我們幾個女人到梅妹的房間，拿酒精替她按摩，等著妳爸爸回來。但是，伊莎貝爾，他們沒過來。妳爸爸供他吃了整整八年的飯，給他房間住和乾淨的衣服穿，親自前去求他，他卻不肯過來替梅妹看病。每當我想起這件事，總是想他的到來是天主的懲罰。我想著八年來我們給他吃青草，那所有的照料，所有的關心，卻換來天主的懲罰，要我們記取教訓，在這個世上千萬要謹言慎行，不要輕易相信他人。八年來，我們提供住宿、食物、乾淨衣物，種種好意卻換來拿去餵豬的結果。梅妹命在旦夕（至少我們是這麼相信的），而他就在那裡，繼續關在房裡，不肯有所動作，這不僅僅是施捨憐憫，也是禮貌、感恩的表現，或者簡單來說就是尊重他的庇護者。」

「妳爸爸一直到半夜才來。」她說。「他有氣無力地說：『拿點酒精替她按摩就好，不要給她服瀉藥。』他的話像一巴掌甩在我臉上。酒精按摩後，梅妹總算恢復意識。我生氣地大叫：『對。酒精，就是用那個，用那個。我們已經替她按摩，她也舒服許多。但是做這件事，不用提供八年的免費食宿吧。』妳爸爸還是遷就他，還是替他說那種求和的蠢話：『他說只是微恙。總有一天妳會明白的。』根本是把那個傢伙當算命師。」

那天下午，繼母聲音充滿憤怒，語氣異常激動，彷彿重新經歷那個醫生拒絕替梅妹看病的遙遠夜晚。九月刺眼的陽光，夏蟬催眠的鳴叫，附近幾個男人正在拆門的喘息聲，似乎快澆熄燃燒的迷迭香。

「可是，就在某個禮拜天，梅妹打扮得像是貴夫人參加彌撒。」她說。「現在我想起來她拿著一支顏色千變萬化的洋傘。」

「梅妹。梅妹。這也是天主的懲罰。我們救她一命，待她脫離差點餓死她的父母，照顧她，給她遮風避雨的住處，供她吃喝，還給她名字，天主卻來插手。隔天，我看見她站在門口，等著瓜希拉工人幫她抬衣箱，連我都不知道她要去哪裡。她變得不一樣，表情嚴肅，就站在那裡（我彷彿還看見她就在眼前），在衣箱旁邊，跟妳爸爸說話。伊莎貝爾，這一切都沒跟我商量就進行了；彷彿我是牆上的吉祥人像。在我還沒開口問到底發生什麼事，問我住的屋簷下到底發生什麼我不知道的怪事，妳爸爸就走過來對我說：『什麼都別問梅妹。她要離開了，不過可能過段時間就會回來。』我問他，她要上哪兒去，可是他沒回答。他拖著木鞋離開，彷彿我不是他的妻子，而是牆上的吉祥人像。」

「兩天過後，」她說。「我才知道那個人已在凌晨離開，連道別的禮貌都不懂。他隨隨便便闖進家裡，住了八年後，隨心所欲離開，不告而別。這跟小偷的行徑沒有兩樣。我心想，是妳爸爸怪他拒絕替梅妹看病，把他趕走。可是那天，當我問他，他只是回答：『我會跟妳把這件事好好地講清楚。』而五年過去了，他卻不曾再提起。

「只有跟妳爸爸生活，住在這樣一間亂七八糟的屋子裡，每個人都任意行事，才可能發生這種事。當馬康多的居民都在議論紛紛同一件事，我卻還不知道梅妹一副貴夫人打扮出現在教堂，以及妳爸爸厚著臉皮拉她的手走過廣場。我就是在那時知道自己錯了，她其實離得不遠，跟醫生同住在他在街角的家。她是個受洗過的女人，卻沒跟他跨過教堂門檻，直接像兩頭豬同居在一起。有一天，我對妳爸爸說：『天主一定也會懲罰這種異教行為。』他什麼也沒說。他贊同他們的醜聞和公然同居，還能一如以往保持冷靜。

「然而，現在我很高興事情這樣發生，換來醫生終於離開我們家。如果沒發生這件事，或許他還住在那個房間。當我知道他離開，帶走他的破爛家當和那個無法從臨街大門抬進去的衣箱時，我感覺平靜多了。我終於打贏這場長達八年的勝仗。

「過了兩個禮拜，梅妹開了藥局，甚至有了一臺裁縫機。她用他在我們家攢的錢買了一臺新的家用裁縫機。我認為那是侮辱，也這樣告訴妳爸爸。可是他無視我的抗議，他只是看著他的傑作，臉上的滿意多過於悔恨，彷彿他犧牲這個家的利益和名譽，但拯救了自己的靈魂，展現眾人皆知的寬容、體諒、慷慨，甚至是一點傻勁。我對他說：『趕走那兩頭豬，是你的信念的最高表現。』而他還是說：

「『總有一天妳會明白的。』」

8

十二月猶如書上描述的春天乍現。就在這個月，馬汀也來了。午飯過後，他帶著一個摺疊手提箱出現在家裡，身上還是那件四顆鈕扣的外套，此刻外套看起來很乾淨，而且剛燙過。他沒對我說什麼，直接走向爸爸的辦公室，跟他談話。婚期在七月就已經訂好。但是到了十二月，就在馬汀到來的兩天後，爸爸把繼母叫到辦公室，告訴她婚期要在禮拜一舉行。這時是禮拜六。

我的新娘禮服已經縫製完成。馬汀每天待在家裡，跟爸爸談話，到了吃飯時間，爸爸會告訴我們他的看法。我不認識我的未婚夫。我不曾跟他單獨相處。然而，馬汀似乎跟爸爸之間建立起一種怪異而堅定的友誼，當爸爸談起他，那模樣彷彿是他要嫁給馬汀，而不是我。

我對即將到來的婚禮沒有感到絲毫興奮。我還像在一團灰濛濛的霧氣中，隔著霧氣，馬汀走過來的身影是那樣虛無縹緲，他講話時不停地揮舞雙手，一下子解開那件四顆扣子外套，一下子又扣上。禮拜天，他跟我們一起吃午餐。繼母安排餐桌座位，因此，馬汀坐在爸爸旁邊，離我三個座位遠。吃飯間，我跟繼母聊得不多。爸爸跟馬汀談著他們的生意；我隔著三個座位，遠遠看著這位一年後將成為我兒子父親的男人，跟他卻連淡如水的友誼都沒有。

禮拜天晚上，我在繼母的臥室穿上新娘禮服。我站在鏡子前，看起來蒼白而乾淨，恰似雲朵圍繞的淡灰泡泡紗，讓我想起了母親的亡魂。我對鏡中的自己說：「這是我，伊莎貝爾。我穿上了新娘禮服，天亮後就要嫁人。」我認不出自己；我感覺我跟回憶中亡故的母親重疊。幾天前，梅妹在街角跟我談起過她。她告訴我，就在我呱呱墜地後，母親被換上她的新娘禮服，放進棺木裡。此刻，我凝視鏡中的自己，看見了母親的骨骸爬滿陰森的綠色，躺在一片碎爛的泡泡紗和一層厚厚的黃土之間。我不在鏡中。鏡中的倒影是母親，她復活了，凝視我，從她冰冷的世界伸出雙手，想要觸摸勾住我的新娘花冠前面幾根頭針的死神。背後，爸爸就在臥室中央，他一臉嚴肅卻又不知所措地說：「妳穿上這件新娘禮服，看起來跟她一模一樣。」

這一晚，我收到第一封情書，這也是最後和唯一的一封。馬汀在電影院放映單背面用鉛筆寫下一段話。他說：**「今晚我沒辦法準時回家，天亮後再解釋。轉告上校，我們談的事已經差不多可行，所以我現在離不開。妳會不會心驚膽跳？馬汀。」**我讀完信，嘴裡帶著黏糊糊的滋味返回臥室，幾個小時後，繼母搖醒我時，味蕾上的苦澀滋味還在。

其實，又過幾個小時，我才真正清醒。這個清晨涼爽而潮溼，空氣彌漫著麝香氣味，我穿著新娘禮服，又嘗到那味道。我感覺嘴巴乾澀，像是出門旅行時，口水怎麼也潤溼不了麵包。我的教父和教母從清晨四點在客廳等待。我認識所有的人，可是此刻他們變得不一樣，看起來全像陌生人，男人穿著毛料西裝，女人戴著帽子聊天，不絕於耳的說話聲充斥整個屋子，令人緊張不已。

教堂裡一片空盪盪。我穿過主廳堂，像個獻祭的活人走向石頭祭臺，有幾個女人轉過頭來看我。在這場朦朧不清、悄然無聲的惡夢中，只有乾癟的狗崽清晰可見，他一臉莊嚴，步下臺階，枯瘦的手比了四個動作，把我交付給馬汀。馬汀在我身旁，他沉著冷靜，面露微笑，一如我在帕洛克馬多的孩子守靈會上看到的模樣，不過此刻他頂著短髮，像是刻意要我看見他在婚禮這天比平時還要虛無縹緲。

那天清晨回家，我的丈夫跟我的教父教母用過早餐和話家常過後，便出門去，直到午睡過後才回來。爸爸和繼母假裝沒發現我的狀況。他們照著平時的步調度過一天，因此，那個禮拜一嗅不到絲毫的不尋常。我脫掉新娘禮服，包起來，收進衣櫥深處，這時我憶起母親，心裡想著：**「到時這些破布至少能當我的壽衣吧。」**

下午兩點，我那虛幻的新婚夫婿回來了，他說他已吃過午飯。當我看見一頭短髮的他回來，竟覺得十二月不再天藍。馬汀在我身旁坐下來，我們相處了一會兒，沒談上半句話。這是我來到這個世界上第一次害怕天黑。我的表情大約是洩漏了什麼，突然間馬汀像活了過來，俯在我的肩膀上說：「妳在想什麼？」我感覺心頭有個東西扭了一下：這個陌生人開始用妳來稱呼我。我抬起頭，看見十二月天彷彿發光的巨球，這個月份如同玻璃般晶亮；我說：「我在想現在只缺下場雨了。」

我們在長廊上說話的最後那晚異常悶熱。幾天過後，他不再上理髮廳，把自己關在房間裡。可是，那個在長廊上的夜晚，那個就我記得最悶熱的夜晚，他非常少見地善解人意。在這個巨大的火爐中，唯一還散發生氣的，是蟋蟀在乾渴的天地間迴盪的震耳欲聾的鳴叫，以及迷迭香和夜來香幽微卻又放肆的騷動，並在夜深人靜時刻燃燒起來。我們倆安靜地相處片刻，身上流下的豆大汗水黏稠不已，像是腐解的動物黏液。他幾番抬頭觀望繁星，夏季耀眼的星光遮去整片夜空；接著，他保持沉默安靜，似乎專注觀察這個恍若猛獸的夜晚流逝。我們就這樣面對著，他坐在皮椅上，我坐在搖椅上，各自若有所思。突然間，一道白光一閃而過，我看見他的頭歪向左邊，面容帶著哀傷和寂寞。我憶起他的人生，他的孤單，他飽受摧殘的心神。我憶起他強忍痛苦，冷漠面對人生。之前，我對他懷著一種複雜的情感，感覺跟他緊密相連，偶爾這種情感轉為矛盾，就跟他的性格一樣變化多端。但在這一刻，我毫不懷疑自己開始莫名地喜歡上他這個人。我想，我在內心發現了一股神秘的力量，就是這股力量，驅使我從一開始就決定庇護他，我能感同身受他在那個令人窒息、昏暗房間裡的痛苦。我看見他在環境的折磨中意志消沉、面露疲態和精神萎靡。而忽然間，他那雙銳利、嚴厲的黃眼睛重新注入生氣，我有把握，在夜晚令人心浮氣躁的氛圍催化下，他會對我傾訴他那錯綜複雜的孤獨背後所隱藏的秘密。我還沒能思索他為什麼會這麼做，就先問他：

「醫生，告訴我，您信奉天主嗎？」

他看著我。他前額的頭髮垂下來，好似心頭悶亂，整個人沸騰起來，但那張憂鬱的臉沒顯露任何情緒，或錯愕的神情。他重拾反芻動物的聲音，慢吞吞地說：

「這是第一次有人問我這個問題。」

「那麼醫生，您問過自己這個問題嗎？」

他看來並非全然無感，但也看不出憂慮。他似乎不介意我。

或者我的問題，更不介意這個問題的目的。

「不太確定。」他說。

「但是您不曾害怕這樣的夜晚？您不曾有過這種感覺？有個比普通人還高大的巨人走在香蕉園裡，所經之處，萬物屏息不動，驚慌失措？」

這時他閉上嘴巴。四周只有蟋蟀鳴唱，遠一點，那棵為紀念我的第一任妻子種下的茉莉樹飄來溫暖濃烈的芳香，幾乎像是人類的氣味。夜裡，彷彿真有個無法判定身高的人踽踽而行。

「上校，我想我不會害怕這種事。」此刻他似乎局促不安，一如周遭景物，包括被熱氣折騰的迷迭香和夜來香。「但我非常驚訝，」他說，那雙嚴厲的眼睛望進我的眼底：「我非常驚訝，像您這樣的人竟然會說出有個巨人在夜裡走動這樣的話。」

「醫生，我們想拯救的是靈魂。這是區別。」

這時，我決定再往前跨一步：「您是無神論者，所以聽不見他的腳步。」

他一臉鎮靜，面不改色地說：

「上校，請相信我，我不是無神論者。我對思索天主存在或不存在都同樣茫然不安。所以寧願不去想。」

不知道為什麼，我早預感他會這麼回答。我聽著他剛脫口而出的話時，原本想著：「他對天主的存在感到惶恐。」他的話講得那樣清楚、準確，彷彿照著書本唸出來。夜晚悶熱，我依舊熱得昏昏沉沉。一長串預言般的畫面彷彿包圍自己。

就在那裡，在扶手的後面，有座艾黛萊姐和女兒栽種的小花園。這就是為什麼迷迭香的香氣那麼濃烈，每天早上，她們都悉心照料那株植物，到了夜晚，濃烈的氣味彌漫屋內，催得夢鄉更加深沉。至於茉莉花樹，一直以來氣味都惱人，那株植物的年紀跟伊莎貝爾一樣大，就某方面來說，香氣延伸了她生母的存在。雨季過後，我們忘記清除院子的雜草，蟋蟀就躲在那邊的灌木叢中。唯一不可思議、美妙無比的是，他在那裡，拿著一條平凡無奇的大手帕，擦拭額頭上閃爍的晶亮汗水。

再次停頓後，他又說：

「上校，我想知道您為什麼問我這個問題。」

「是突然間想到的。」我說。「或許我從七年前就一直希望知道像您這樣的人是怎麼想的。」

我也跟著擦乾汗水。我說：

「或許是我擔心您孤單寂寞吧。」我等待，卻沒得到回答。

我看著面前的他，仍是那副悲傷孤獨的模樣。我記起了馬康多，記起居民在節慶時焚燒紙鈔的瘋狂舉動；記起那片目空一切、昏頭轉向的大堆落葉，他們在心中的欲望泥沼打滾，聽從渴求，過著放蕩揮霍的日子。我記起他在那一大堆落葉湧到村莊前的生活。記起他在那過後的生活，廉價的花露水味，擦得晶亮的舊鞋，纏著他不放的流言蜚語，他就像被自己遺忘的影子。我說：

「醫生，您沒想過討個老婆嗎？」

我還沒問完，他已經照著平常拐彎抹角的習慣回答：

「上校，您很愛您的女兒。對吧？」

我回答那當然。他繼續說：

「嗯。但是您跟其他人不一樣，您喜歡自己釘釘子。您明明有人手可以使喚，我卻看過您親自在門上裝鉸鏈。您喜歡這種活。我想，您就是喜歡拿著工具箱在屋裡走來走去，看看哪兒需要修理，您認為這是很愉快的事。上校，您甚至可能感激有人弄壞鉸鏈吧。您會感謝他給您體會快樂的機會。」

「這是繼承來的習慣。」我說，我滿頭霧水不知道他到底想說什麼。「聽說我的母親也喜歡這麼做。」

他回應了。他的態度平和但又不失堅定。

「很好。」他說。「這是個好習慣。而且是我所知道最不花錢的快樂。因此，您才會有現在這樣的屋子，用這種方法養大您的女兒。我說，有個像她那樣的女兒應該很幸福吧。」

他兜了這麼大一圈，我還是不知道他的目的。即使如此，我還是問：

「那麼，醫生，您呢？您沒想過有個女兒有多美妙？」

「上校，我可沒想過。」他說。他面帶微笑，但表情很快轉為正經八百。「我的孩子一定跟您的不一樣。」

這時，我已清楚明白：他的口吻相當認真，而看到他的認真，他的景況，我不由得心驚膽跳。我心想：**因為如此，他更值得憐憫**。我心想，他需要庇護。

「您聽說過狗崽這個人？」我問他。

他回答沒有，我說：

「狗崽就是教區神父，但他更是每個人的朋友。醫生，您應該要認識他。」

「喔，對，沒錯。」他說。「他**也有**孩子，對吧？」

「我要講的不是這點。」我說。「大家太愛狗崽，所以替他塑造虛假的形象。醫生，您看看他這個例子，狗崽並不是成天禱告的神父，或者說他是我們稱的假聖人。他對自己要求完美，在工作上盡心盡力，只是個凡人罷了。」

現在他仔細聆聽。他沉默不語，屏氣凝神，那雙嚴厲的黃眼睛緊緊盯著我的看。他說：「這樣很好，不是嗎？」

「我相信狗崽會成為聖人。」我說。而這也是句真心話。「我們從未在馬康多見過像他這樣的人。起初人們不信任他，因為他在這裡土生土長，老一輩的人還記得他跟其他孩子一樣出門抓鳥的往事。麻煩的是，他曾參加戰爭打過仗，當過上校。您知道這裡的人不敬重老兵也不尊重教士。而且，我們不習慣他不講福音書，改講布里斯托年曆。」

他笑了。神父剛上任那段日子，他應當跟我們一樣覺得這一點很有趣。他說：「那真是奇怪，對吧？」

「狗崽就是這樣。他比較喜歡用氣象變化來指引村民。他對狂風暴雨不亞於對神學的擔憂。他每個禮拜天都會談天氣。因此，他不是依據福音書講道，而是布里斯托年曆的氣象預告。」

此刻，他面掛微笑，滿心歡喜，聚精會神地聆聽。我也感覺興致勃勃。我說：「醫生，還有件您可能覺得興趣的事。您知道狗崽來馬康多多久了？」

他說他不知道。

「他碰巧跟您同一天來。」我說。「更有趣的是，如果您有位兄長的話，我敢打賭他一定跟狗崽一模一樣。當然，我是指外表。」

現在他似乎滿腦子只想著這件事。我注意到他表情嚴肅，專注思索，該是跟他說出提議的時刻：

「那麼，醫生。」我說。「去拜訪狗崽吧，你會發現事情不會只是您看到的那樣。」

他回答好，他會去拜訪狗崽。

9

那道冰冷的掛鎖悄悄地爬滿厚厚的鐵鏽。當艾黛萊妲得知醫生跟梅妹同居之後，就把那個房間上了鎖。妻子把他的搬離當作她的勝利，自從我決定讓醫生留下來跟我們住在一起，她就不斷抗拒，最後努力終於開花結果。十七年過去了，掛鎖依舊看守著那間臥室。

我在那八年從不動搖的態度，如果看在一般人眼裡定是讓人厭惡，或者在天主看來令人生怨，我勢必在死前許久就會得到懲罰。或許我就是因為善盡人類的責任或教徒的義務得到報應。因為，當馬汀出現在我家，帶著滿囊無法得知真實性有幾分的計畫，和娶我女兒的堅定決心，那個掛鎖還沒生鏽。他穿著一件四顆鈕扣的外套來到我家，洋溢青春氣息，充滿充沛精力，散發迷人的魅力。他在距離現在十一年前的十二月娶了伊莎貝爾。在九年前帶著經過我簽名的滿囊合約離開，保證一做完生意就馬上回來，我可是同意他的提議，把身家財產全拿去擔保。九年過去了，但我不能因此認為他是個詐欺分子。我沒權利去想這樁婚姻只是他拿來說服我他的好意的幌子。

可是，那八年的經驗還是多少有用。馬汀原本可能住那個房間。艾黛萊妲反對這件事。她那次反對得如此堅決、毅然，沒有討論餘地。我知道妻子寧願反對新人住進那個房間，也不怕把馬廄整修成新婚房的麻煩。這一次，我毫不猶豫地同意她的意見。這代表我承認她迎來這長達八年的勝利。如果說我們倆都錯信馬汀，就是兩個人一起種下的錯誤。沒有單獨一方是勝利或失敗的。然而，後來發生的事已經不是我們能力所及，就像那本年曆預告的氣象，無論如何一定會發生。

當我對梅妹說，離開我們家，去追尋她認為最適合她人生的方向；以及後來，儘管艾黛萊妲當面數落我的缺點和懦弱，我照樣可以不顧反對，孤行己見（我向來都這麼做），照自己的方式行事。但是有個東西告訴我，事情的發生是無力阻擋的。在我家，並不是由我主導，而是另一股神秘力量，這股力量安排了我們的人生，我們只是一種工具，力量微乎其微，面對人生，只能屈服於順服的角色。因此，一切似乎照著某種預言，自然而然，一一發生了。

從梅妹如何開了那間小藥局來看（其實每個人都心知肚明，一個從事勞務的女人在一夜之間成為一個鄉下醫生的姘婦後，遲早會開藥局），我知道了他住我們家時攢了一大筆數目不詳的錢，替人看診的那段日子，他都把鈔票跟硬幣隨手丟進抽屜，沒再多碰。

梅妹開小藥局時，他可能就在這裡，躲在這個店鋪後面的房間，不知道被哪些想像的猛獸困住。據知，他不吃街上賣的食物，開闢一座果菜園，最初幾個月，梅妹會買塊肉給自己吃，但一年過後，她戒除吃肉習慣，或許跟她的男人一起生活後，她也跟著吃素。於是，他們倆過著隱居生活，一直到政府單位強行破門而入，搜索他的住處，翻遍果菜園，試圖找出梅妹的骨骸。

據說，他當時就在這裡，關在這個房間，躺在他破舊的吊床上搖晃著。但是我知道，他早在死期降臨的許久之前，包括在那段誰也沒料到他會重返人間的日子，已經不顧常理選擇遁世，無聲對抗天主的恫嚇。我知道他遲早得出來，因為沒有人能隱居大半輩子，遠離天主，說不定哪天出門，他就在街角對第一個碰見的人，脫口而出內心話，而這原本是拿手銬和腳鐐也無法恐嚇他說出的話；或任何可能對他採取的酷刑，如火燒和水淹，釘十字架和上絞車，在眼睛打木釘和燙鐵塊，在舌頭不斷抹鹽，坐刑椅，或者鞭刑、棍刑和美色誘惑。這個時間點終究會在他壽命只剩短短幾年到來。

我一直都知道這件事，從我們在長廊上對談的那一夜開始，到後來我到小房間去找他醫治梅妹。我反對得了他希望與她像夫妻一樣生活嗎？之前或許可以。那晚不行，因為在那之前三個月，他不幸的人生已經開始了另一個章節。

那一晚，他沒睡在吊床上。他面朝上躺在行軍床上，頭往後仰去，眼睛盯著屋頂或許是燭光最亮的地方。房間裡有電燈，可是他從沒用過。他喜歡躺在昏暗中，直盯著一片漆黑瞧。當我踏進房間時，他動也不動，但是我一跨過門檻，他就發現有其他人。於是我說：「醫生，家中女僕似乎身體不舒服，希望不會太麻煩您。」他從床上支起身體。方才，他發現有其他人。此刻，他知道是我進來房間。他的表情隨著這兩種顯然完全不同的感覺突然改變，他理理頭髮，坐在床邊等待。

「醫生，艾黛萊妲希望您能去看看梅妹。」我說。

他坐在那兒，用那反芻性動物慢吞吞的聲音，向我丟來震撼的回答：

「沒必要。那是因為她懷孕了。」

之後，他向前俯身，似乎在檢視我臉上的表情，接著他說：

「梅妹跟我睡了好幾年。」

老實說，我一點也不感驚訝。我沒目瞪口呆、茫然不解，或怒火中燒。什麼感覺都沒有。或許是他坦承的事太過嚴重，已經超過我所能理解的範圍。不知道為什麼，我依舊無動於衷。我安靜不語，杵在原地，跟他一樣冷漠，或者跟他那反芻性動物慢吞吞的聲音一樣冷漠。接下來一陣漫長的沉默，他仍然坐在床邊，動也不動，像是等待我先做決定，於是我明白過來他剛剛告訴我的事有多麼沉重。但這時要目瞪口呆，已經為時已晚。

「醫生，您一定知道事態有多嚴重。」這是我唯一吐得出口的話。他說：

「上校，人做事都會採取預防措施。當決定冒險，一定知道冒的是什麼險。如果失敗，也會是事出突然，超過所能掌握的範圍。」

我熟知這是他迂迴的伎倆。我跟往常一樣，不知道他到底想說什麼。我拉來一張椅子，在他的面前坐下來。這時，他離開床邊，然後按住腰帶的搭扣往上拉，理了理褲子。他走到房間的另外一頭繼續說。他說：

「我採取了預防措施，而這是她第二次懷孕。第一次是一年半前，那時你們都沒發現。」

他繼續說著，語氣不帶感情，朝床鋪走過來。漆黑中，我聽見他踩在地磚上緩慢而堅定的步伐。他說：

「但那次她肯配合。現在她不肯。兩個月前，她告訴我她又有了孩子，而我跟上次一樣對她說：『今晚過來，做一樣的處理。』那天她對我說先不要，等隔天再說。當我去廚房喝咖啡時，我對她說我在等她，可是她說她不會再來我的房間。」

他已經走到床邊，不過沒坐下來。他轉過身，背對著我，再一次在房間裡兜圈。我聽著他說話。我感覺他的聲音一陣又一陣撲過來，彷彿坐在搖擺的吊床上說話。他的語氣冷靜，但帶著堅定。我知道想打斷他是徒勞無功。我只能聆聽他訴說。而他說：

「然而，兩天後她來了。我已經準備好藥。我要她坐下來，然後去拿桌上的玻璃杯。當我對她說服下吧，卻發現這一次她不願意做。她看著我，臉上沒有笑容，接著她用一種殘酷的語氣說：『我不打算打掉這個孩子。我要生下來，養大他。』」

我受不了他的淡然。我對他說：「醫生，這不能解釋什麼。您不過是幹了兩檔下流的事；先是在我的房子裡發生男女關係，然後是墮胎。」

「可是，上校，您也看到了，我已經盡力補救。我最多只能做到這裡。後來，眼看解決不了問題，我打算找您談。我本來這幾天就要說了。」

「我想，您若真心想洗刷這個恥辱，應當很清楚辦法是什麼。您知道住在這個家該遵守哪些原則。」

而他說：

「上校，我不想給您添任何麻煩。相信我。我本來打算跟您說：『我要帶您的女僕搬到街角的那間空屋住。』」

「醫生，這是公然同居。」我說。「您知道，這對我們來說意味什麼嗎？」

這時，他再次轉向行軍床。他坐下來，身子往前傾，手肘撐在大腿上，繼續說話。他的語調變了。起先是冷冰冰的，現在開始流露殘忍和挑釁。他說：

「上校，我向您提的是唯一的解決辦法，不會讓您猶如芒刺在背。另一個辦法就是否認孩子是我的。」

「梅妹會說出孩子是誰的。」我說。我開始感到怒氣竄升。此刻，他的語氣更加挑釁和粗暴，想要我冷靜下來，接受他提議的辦法。

「相信我，我有十足把握，梅妹絕不會說出來。就是因為這麼有把握，我才說要帶她搬到街角住，以免帶給您不便。就是這樣而已，上校。」

他居然這麼有自信，大膽否認梅妹會把孩子的生父身分推到他頭上，此刻我目瞪口呆。我心想，他說的話有種深不見底的力量。我說：

「醫生，我們把梅妹當作女兒一般信任。在這件事上，她會站在我們這邊的。」

「上校，您要是知道我所知道的，或許就不會這麼說了。抱歉，恕我直言，您把印第安女僕拿來跟自己的女兒比較，實在是對她有辱啊。」

「您這話說得毫無理由。」我說。

他依舊用那苦澀嚴厲的口吻回答：「我有理由。我說她不會說出我是孩子的生父，也同樣有理由。」

他頭往後仰，深深地吸一口氣說：

「如果您肯花點時間注意梅妹夜晚上哪裡去，或許就不必要求我把她帶走。上校，我願意承擔這件事的風險。我會一肩扛起所有責任，不給您添麻煩。」

於是，我明白他不會跟梅妹步入禮堂。但是，嚴重的是，聽完他這番話，我竟不再繼續堅持，後來這件事狠狠地折磨我的良心。我握有幾張王牌。可是，他光憑手中唯一那張就讓我昧地瞞天。

「好吧，醫生。」我說。「今晚，我就派人幫您整理街角的屋子。但不論如何，我想聲明，是我將您掃地出門。不是您自願離開。您這樣糟蹋奧雷里亞諾．波恩地亞上校的信任，他遲早會要你付出昂貴代價。」

我希望激怒他，我等著引出他內心最醜惡的力量，他卻拿他的尊嚴對我施壓。

「上校，每個人都知道您是正人君子。」他說。「我住在您家也夠久了，久到不需要再提醒我這件事。」

他站了起來，臉上並沒有得意洋洋，只像是滿意我們八年來的照顧。反而是我心煩意亂，滿懷罪惡。這一晚，我從他那雙黃色眼睛，看見死亡越來越近，我明白了我的態度多自私，這個汙點將會留在我的良心上，餘生在痛苦的深淵中贖罪。而他與我相反，他對得起自己。他說：

「至於梅妹，拿點酒精替她按摩就好，不要給她服瀉藥。」

10

外公回到媽媽身邊。她坐在原處，卻心不在焉。媽媽不在這裡，在這裡的只是她的洋裝和帽子。外公走過來，看見她心不在焉，拿起拐杖在她眼前晃了晃，他說：「醒醒，孩子。」媽媽眨眨眼睛，甩了甩頭。「在想什麼？」外公問。她費力擠出微笑說：「我在想狗崽。」

外公再次在她身邊坐下來，下巴靠在拐杖上。他說：「真巧。我也在想他。」

他們談著他們懂的話。他們說話時，不看彼此，媽媽伸展筋骨，拍打手臂，外公坐在她身邊，下巴依舊靠著拐杖。儘管如此，他們還是懂他們的話，就像我跟亞伯拉罕去找露可蕾西亞，我們也懂我們的話。

我對亞伯拉罕說：「時間到了。」亞伯拉罕走在前面，離我三步的距離。他頭也不回地說：「還沒，還要再等等。」我對他說：「等時間到就來不及了。」亞伯拉罕沒回過臉，可是我感覺他正低聲傻笑，那顫動的模樣，就像牛喝完水，厚脣流下的水絲在抖動。他說：「要等到五點。」接著他像是要補充什麼，又說：「如果現在去，可能會壞事。」可是我固執地說：「反正任何時間去都一樣。」於是他轉過來看我，然後拔腿就跑，嘴裡嚷嚷：「那好吧，我們去吧。」

想去找露可蕾西亞，得穿過五個院子，每個院子都長著茂密的樹木，有很多水溝。還得越過一個有蜥蜴的綠色矮牆，從前有個侏儒就在那兒模仿女人的聲音高歌。亞伯拉罕飛奔而去，在豔陽底下，他就像閃閃發亮的鋼片，踩著因狗叫聲而加快的腳步。接著他停下來。這一刻，我們來到一扇窗前。我們齊聲叫：「露可蕾西亞。」那叫聲輕輕的，彷彿露可蕾西亞正在睡覺。但是她是醒的，她坐在床上，沒穿鞋子，身上穿著一件漿過的白色寬睡袍，覆蓋到腳踝。

我們喊她時，露可蕾西亞抬起頭，視線繞過房間一圈，然後落在我們身上，圓溜溜的大眼睛就跟那石鴴的眼珠子一模一樣。這時她笑了出來，走向房間中央。她張開嘴，露出參差不齊的小顆牙齒。她的頭顱圓圓的，剪了個跟男人一樣短的頭髮。她走到房間中央時，臉上的笑容消失無蹤，她彎下腰，視線瞟向房門口，雙手伸到腳踝，緩緩地撩起睡袍，那緩慢的節奏經過刻意計算，既殘酷又挑釁。亞伯拉罕跟我繼續在窗邊探頭探腦，露可蕾西亞撩起睡袍時，嘴脣吐出渴望的喘息，那如同石鴴的大眼珠直勾勾的，閃爍著光芒。她用睡袍遮住臉，就這樣姿態撩人地站在房間的中央，我們看見她白皙的肚皮，往下一點是一抹深沉的藍，她夾緊雙腿，全身顫抖著。突然間，她猛力一拉，露出臉孔，對著我們舉起食指，晶亮的眼珠幾乎突出眼眶，伴隨一聲聲可怕的哀號，傳遍整棟房子。這時，房間的門打開，一個女人走進來大聲叫嚷：「你們幹嘛不去折騰自己媽媽的耐心？」

我們好幾天沒去看露可蕾西亞了。現在我們都沿著香蕉園那條路去河邊。如果能早點離開這裡，或許亞伯拉罕還在等我。但是，外公一動也不動。他坐在媽媽旁邊，下巴靠著那根拐杖。我望著他，檢視他那雙在鏡片後面的眼睛，想必他發現我在看他，因為他突然用力地嘆口氣，搖了搖頭，用微弱而悲傷的聲音對媽媽說：「狗崽應該用鞭的也會把他們一個個鞭來。」

接著，他從椅子站起來，往死者走過去。

這是我第二次來到這個房間。第一次是十年前，所有的物品都擺在跟現在一樣的位置上。這就像他從那時就不曾再動過任何東西，或者從他跟梅妹住進來的那個遙遠的凌晨起，他就不曾再打理自己的生活。紙張堆在同樣的地方。桌子、幾件普通衣物，所有的東西都放在原位。彷彿我跟狗崽來這裡調停這個男人跟地方政府的糾紛，不過是昨天剛發生的事。

當時，香蕉公司剛剛將我們搾乾，他們帶走了當初帶來的垃圾，遠離馬康多。而隨著他們離去的，還有那一大堆落葉，和馬康多在一九一五那年最後一絲的繁榮。在這裡，剩下的只是一座化為廢墟的村莊，和四間殘破昏暗的商店；失業的民眾滿腹怨恨，飽受過往繁榮的回憶折磨，對現狀的窒息和停滯苦惱不已。

他們對未來沒有任何期盼，只寄望即將在那個陰沉可怕的禮拜日到來的選舉。

六個月前，就在某天天亮後，有張匿名告示貼在這棟屋子的大門上。由於沒人注意，那張告示貼在那兒許久一段時間，直到二月底的綿綿細雨洗去上面的黑色字體，最後被幾場風吹走。但是，到了一九一八年末，隨著選舉腳步越來越近，政府認為有必要刺激選民的緊張，保持他們的警醒，有人對新上任的官吏提起這個孤僻的醫生，如果是許久之前，他對這個醫生存在的證詞或許是真的。他應該是向他們舉發，醫生跟同居的印第安女人曾經營一間小藥局幾年，搭上了那段時間的繁榮，當時在馬康多連最微不足道的生意都雨露均霑。有一天（沒有人記得確切日期或是哪一年），小藥局再也沒開門。據揣測，梅妹和醫生仍舊住在裡面，閉門不出，靠著他們在院子裡種植的蔬菜果腹度日。可是，出現在街角的那張告示寫著，醫生怕村民利用他的姘婦毒死他，所以謀殺她，把她埋屍在果園裡。奇怪的是，儘管傳言如此，那段時間卻從未有人想害死醫生。我認為官吏早已忘了他的存在，直到這一年，政府開始安插信任的人手來加強戒護和提升警力。於是，眾人早已遺忘的小藥局傳言又被翻了出來，那些官吏強行撬開屋子大門，搜索屋內，挖掘院子，和細細檢查廁所，想找出梅妹的屍體。可是他們沒找到任何有關她的蛛絲馬跡。

那一次，他們或許會拖走醫生，或許會傷害他，再藉口政府的辦事效率，讓他成為公共廣場上的另一個犧牲品。可是狗崽出手相救，他來到我家，邀我一起去看醫生，他相信我能從他身上得到一個令人滿意的解釋。

我們從後門進去，訝異地看到躺在吊床上的不是個人，而是一具人類殘骸。在這個世界上，最駭人的莫過於人只剩一具殘骸。而且，當這個彷彿無根浮萍的男人看見我們進來，從吊床上支起身子時，身上竟如同房間內的所有物品，覆蓋一層又一層的灰。他臉色灰白，那雙嚴厲的黃眼睛依舊和住在我家時一樣，流露一股熟悉又強大的內心力量。我感覺，好似我們舉起指甲輕輕一碰，他就會粉身碎骨，化為一堆灰燼。他剪掉了八字鬍，但沒用剃刀刮乾淨。他只拿剪刀整理下巴鬍子，所以不是殘留一片粗硬的根部，而是柔軟的白色細毛。我望著吊床上的他，心想著：**他看起來不像個人，而像眼睛還沒失去生命氣息的屍體。**

他開口說話時，依然用當初來到我們家時那種反芻動物慢吞吞的聲音。他說他沒什麼好說的。他像是怕我們沒發現，於是說警察撬開了大門，未經他的允許就挖遍了院子。但他說這句話不是在抗議，而是想對信任的人抱怨一番。

至於梅妹，他給了我們一個或許天真可笑的解釋，但他的語調就像說實話。他說梅妹走了，就這樣。小藥局關門後，她開始對待在屋裡感到不耐。她不跟任何人說話，也跟外界斷了一切聯繫。他說有一天他看見她一聲不響地打包行李。他說他看見她穿上外出洋裝，腳踩高跟鞋，手拿衣箱，卻還是不跟他說話，她站在玄關，但一聲不吭，像是只想展示她的模樣，好讓他知道她要走了。「於是，」他說。「我起身，拿出抽屜裡剩下的錢給她。」

我對他說：「醫生，這是多久之前的事？」

而他回答：「請您從我的頭髮有多長來算吧。我的頭髮都是她剪的。」

　　這次見面，狗崽很少開口。從踏進房間，看見這個他待在馬康多十五年都不認識的唯一居民，似乎就愣住了。這一次，我發現這兩個男人出奇相似（或許是醫生剪掉八字鬍，我瞧得更仔細）。不能說完全相似，但是恍若兄弟。其中一個年長幾歲，體型比較瘦削和憔悴。不過，他們的五官就像兩兄弟有著相似之處，只是一個比較像爸爸，一個像媽媽。這時，我想起了在長廊上的那最後一夜。我說：

　　「醫生，這位是狗崽。您曾答應我要去拜訪他。」

　　他笑了笑。他看著神父，接著說：「沒錯，上校。不知道為什麼，我沒做到。」然後他繼續看著他，打量他，直到狗崽開口：

　　「好的開始永遠不嫌遲。」他說。「我想當您的朋友。」

就在這一幕，我發現狗崽面對這位陌生人時，居然沒了一貫的氣勢。他說話細聲細氣，聲音不若布道時一般響亮，自信也不夠堅定，或是口氣少了誦讀布里斯托年曆上的氣象預告時那樣的懾人和氣焰萬丈。

這是他們頭一回見面。也是最後一次。然而，那晚他對村民要他替傷患看診的哀求置之不理，甚至連門都不開，惹得他們對此刻正在阻止駭人詛咒的我怒吼，狗崽又再次為他求情，因此醫生能繼續活到人生真正落幕的那天凌晨。

正當我們要離開時，我想起數年前就想問醫生的某件事。我對狗崽說，我要多留一會兒跟醫生說話，讓他趁這個時間去跟官吏打交道。當只剩我們獨處，我對他說：

「醫生，告訴我。那個孩子後來怎麼了？」

他不動聲色。「什麼孩子，上校？」他說。我對他說：「你們的孩子。梅妹離開我家時，懷著身孕。」而他神情冷靜，一派從容地說：

「您說得沒錯，上校。我都忘了這件事。」

爸爸沉默不語。不久，他開口說：「狗崽應該用鞭的也會把他們一個個鞭來。」爸爸的眼睛洩漏內心壓抑的緊張。我們等了快半個小時（現在應該是下午三點左右），我擔心起兒子臉上的茫然，他的神情專注，絲毫不見疑惑，他難以捉摸和冰冷的漠然像極了他的父親。這個禮拜三，我的兒子就要消失在空氣中，一如九年前的馬汀，他在火車窗口揮了揮手，就這麼永遠人間蒸發。如果兒子越來越像他的父親，我的所有犧牲就等於付諸流水。若是這樣，不管怎麼哀求上帝，讓他長成有血有肉的人，讓他有一般人的形體、重量和顏色，都是白花力氣。只要他的血液流著他父親的基因，一切就是枉然。

五年前，這孩子跟馬汀還沒有任何相似之處。現在，他逐漸變成他的翻版，正好就在潔娜薇娃·賈西亞回到馬康多那時，潔娜薇娃帶了六個孩子回來，當中有兩對雙胞胎。她變得又胖又老。她的眼睛周圍長出細小的藍色血管，也因此從前那張乾淨光滑的臉龐看來有些骯髒。她臉上洋溢著幸福的喜悅，身旁圍繞著一群吵鬧的孩子，每個孩子都穿著玻璃紗蛋糕裙和小白鞋。我知道潔娜薇娃跟木偶師劇團的老闆私奔，看著她的孩子，彷彿有個開關控制他們如同機械的肢體動作，我感到莫名噁心；他們六個小小的，穿著同樣的鞋子和同款蛋糕裙禮服，像同一個模子打造，模樣令人不安。在我眼裡，潔娜薇娃帶著濃濃的城市氣息，出現在一個被灰塵毀滅的廢墟村莊，那氾濫的幸福是摻雜痛苦而悲傷的色彩的。她的舉手投足，她的虛假幸運，流露一絲苦澀，可笑至極，她說她為我們難過，因為我們過著跟她在木偶師劇團認識的人全然不同的日子。

看著她，我想起過往時光。我對她說：「女人，妳變得胖死了。」於是她悲傷起來。她說：「應該是跟回憶比較而覺得發胖吧。」接著她細細端詳我的兒子。她說：「那個四顆扣子的迷人傢伙呢？」我知道她明知故問，所以用嚴肅的語氣回答：「走了。」潔娜薇娃說：「除了這個孩子，什麼都沒留給妳嗎？」我回答對，只留孩子給我。潔娜薇娃笑了出來，那個合不攏嘴的笑鄙俗不堪。「五年只生一個孩子，應該過得非常優閒吧。」她說，沒停下動作，繼續在吱吱咯咯，就像小雞般亂成一團的孩子們那樣：「我也被他迷得團團轉。我發誓，如果我們不是在一個孩子的守靈會上認識他，我一定會橫刀奪愛。只是那個時候我非常迷信。」

道別之前，潔娜薇娃盯著我的兒子看，然後說：「說真的，他簡直是他的翻版。就差那件四顆鈕扣的外套。」從這一刻起，我覺得兒子越看越像他的父親，彷彿潔娜薇娃給他下了詛咒。曾經幾回，我詫異地看見他兩邊手肘擱在桌上，頭歪向左邊，迷茫的眼神不知望向何處。當馬汀靠著欄杆旁的康乃馨盆栽時，也是同樣的神情，那時他說：「就算不是為妳，我還是想定居在馬康多。」有時，我以為兒子也會說出同樣的話，就像此刻，他坐在我的身邊，一臉憂鬱，摸著因為悶熱而充血的鼻子，欲言又止。

「痛嗎？」我問他。他說不會，說他想著可能無法戴好眼鏡。「不要擔心這件事。」我對他說，然後替他鬆開脖子的領結。我說：「待會兒回家，你可以洗個澡，休息一下。」接著我看向爸爸，他正在呼喚最老的那個瓜希拉工人：「坎道雷。」那是個矮壯的印第安人，他正坐在床邊吸菸，聽見自己的名字，他抬起頭，那雙憂鬱的小眼睛搜尋著爸爸的臉孔。但是，正當爸爸要跟他說些什麼，小房間響起了腳步聲，村長從他背後踏進了房間。

11

這個正午，家裡亂成一團。我對他的死訊並不感到意外，畢竟我已經等待了一段時日，只是我沒料到會在我們家掀起軒然大波。我想過找人陪我參加葬禮，而這個人應當要是我的妻子，因為我已經病了三年，也因為在某一天下午，她翻找我書桌的抽屜時，找到了銀柄發條和芭蕾舞伶音樂盒。我想，我們老早不記得那個音樂盒玩具。但是，當我們上緊機械發條，芭蕾舞伶翩翩起舞，那昔日洋溢歡喜的音樂，在抽屜裡沉默了一大段歲月後，竟聽來憂傷而哀愁。

艾黛萊妲凝視它跳舞，想起了往事。接著，她回過頭看我，眼睛流露一絲悲傷，目眶溼潤。

「你想起了誰？」她問。

我知道艾黛萊妲正在想誰，這時音樂盒即將消失的音樂，加深了房間裡的沉重氣氛。

「他現在還好嗎？」妻子問，或許她憶起了那段日子，當時他總在下午六點出現在房間門口，把燈掛在門楣上。

「還住在那個街角。」我說。「總有一天，他會過世，而我們得埋葬他。」

艾黛萊妲安靜不語，沉浸在玩具舞伶的舞姿當中，我似乎感染了她的懷想之情。我對她說：「我一直想知道，他來到我們家那天，妳到底把他錯當誰。那頓飯，妳以為他是某位人士，還特地打扮一番。」

艾黛萊妲帶著淒淒的微笑說：

「如果我承認，當我看見他站在角落，手裡拿著這個音樂盒，把他當作誰，你可能會笑我。」她舉起手指，指向二十四年前看見他站的那個空蕩蕩位置，腳上一雙長靴，身上穿的似乎是一套軍服。

那天下午，我以為她終於放下往事，因此，今天我問她要不要穿上黑色喪服陪我來。但是那個音樂盒已經收進抽屜裡。樂聲失去了感染的魔力。現在的艾黛萊妲形容枯槁。她哀傷、憔悴，在房間裡禱告度日。「只有你想辦葬禮。」她對我說。「在遭遇所有這些不幸之後，只欠這個不吉利的閏年來湊熱鬧。之後災難要像洪水一樣來了。」我試圖說服她，說我拿了自身名譽保證辦完這場葬禮。

「我們不能否認我欠他一條命的事實。」我說。

她說：

「是他欠我們。他不過是救了你一命，這個債早在提供床鋪、食物和乾淨衣物的那八年就一筆勾銷。」

接著，她搬了一張椅子到扶手旁。此刻她應該還坐在那裡，睜著一雙充滿痛苦和被迷信蒙蔽的眼睛。我見她的態度這麼堅決，只能設法安撫她。「沒關係。這樣的話，我跟伊莎貝爾去就好了。」我說。她沒回應。她繼續坐在那兒，一副不可侵犯的模樣，直到我們準備出門時，我對她說了以為她會開心的話：「在我們回來之前，去禮拜堂替我們禱告吧。」這時，她轉過頭看向門口說：「我不去。只要那個女人繼續在每個禮拜二來乞討一小束檸檬香草，怎麼禱告都是白費功夫。」她的聲音陰沉煩亂，顯然想要唱反調：

「我要留在這裡，灰心喪氣地等待最後的審判。希望到那時候，白蟻還沒吃掉這張椅子。」

爸爸停下腳步，引頸聆聽從後面傳來的熟悉腳步聲。就在這一刻，他忘了要交代坎道雷什麼，他手拄拐杖，想轉過身，無奈轉不動那條有毛病的腿，差點就摔趴在地上，一如三年前他一腳踩上檸檬水摔倒了，四周只聽見水罐在地面的滾動聲，木鞋和搖椅的碰撞聲，唯一目擊他跌跤的兒子哭了出來。

從那時候起，他就跛腿了，從那時候起，他就拖著那條僵硬的腿走路，我們目睹他疼痛了一個禮拜，還以為他這輩子再也無法康復。此刻，我看著他試著靠村長幫忙，找回身體平衡，我心想，他違背全村的心願，打算實現他的諾言，最主要的秘密就在那條腿。

或許他的感恩是從那一刻開始。從他在長廊上跌趴在地開始，他說，他感覺有種跟塔樓一樣的重量推倒他，而馬康多僅剩的兩位醫生建議好好準備他的後事。我還記得他臥床五天後，躺在床單間的憔悴模樣；我記得他衰弱的身體，看上去恍若前一年狗崽的遺體，當時馬康多的全部居民滿心感動，恍若花團錦簇的隊伍護送他到墓園。他躺在棺木裡，神聖莊嚴的面容流露深不見底的哀傷與孤獨，就跟那段日子我在爸爸臉上看到的一樣，當時臥室裡滿是他的聲音，談著那場八五年戰爭，某一夜，一位陌生的軍人出現在奧雷里亞諾·波恩地亞上校的營區，他戴著一頂帽子，和一件用虎皮、虎牙和虎爪裝飾的盔甲，有人問他：「您是誰？」一陌生的軍人沒答腔；有人問他：「您從哪兒來的？」他還是沒回答；又有人問他：「您替哪一邊打仗？」他們還是沒能從不認識的軍人口中挖到任何答案，直到傳令兵拿起一塊燃燒的煤炭，放到他的臉孔旁邊，對著他端詳一會兒，接著驚訝地大叫：

「天哪！是馬爾伯勒公爵！」

在那場癲狂中，村裡的醫生囑咐我們替他沐浴。於是我們照辦。但是隔天他的肚子出現難以察覺的細微變化。醫生離去時，交代唯一能做的是好好替他辦場葬禮。

臥室一片靜寂，只聽得見死亡平靜、緩緩地揮動翅膀，人在臨終時刻，臥室裡會彌漫這種隱隱約約的死亡氣味，聞起來像是人類的惡臭。安赫神父為他舉行臨終聖禮，大家駐足不動，一連好幾個小時，凝視即將臨終的他那張皮包骨的臉孔。接著，鐘聲響起，繼母準備餵他吃藥。我們抬起他的頭，試著打開他的牙齒，讓繼母把藥放進去。就在這一刻，長廊傳來緩慢而堅定的腳步聲。繼母拿著的湯匙停在半空，停止喃喃的禱告，她轉過頭看向門口，臉色突然發青，身體動彈不得。「就算到煉獄，我也認得那個腳步聲。」她在我們望向門口那瞬間即時說出，於是我們看見了醫生。他就站在那兒，在門檻處，盯著我們看。

我告訴女兒：「狗崽應該用鞭的也會把他們一個個鞭來。」然後我看向棺木，心想著：**自從醫生離開我們家，我一直相信我們的行為都是經過上天安排，因此要盡力避免違背天意，否則我們將承擔後果，就算像艾黛萊妲那樣閉門禱告也沒有用。**

我往棺木走過去，看著我的人手無動於衷地坐在床上，我感覺飄浮在死者之上的空氣似乎開始沸騰，就是這些淒苦摧毀了馬康多，讓村莊走向無可挽回的命運。我相信村長很快就會發出下葬許可。我知道，在外頭，在豔陽烤曬的街道上，人們正在等待。我知道，有些女人會在窗邊，焦急地等待好戲上場，她們守在那裡，探出頭，忘了牛奶已經在爐子上沸滾，米飯都燒乾了。我不知道比起關心慘遭剝削、摧殘的村民未來是否還有希望，這被視為背叛的最終一幕竟然重要得多。在那個選舉禮拜日到來之前，他們的戰鬥力驚人，他們動員、計畫，最後落敗，到深信應該由自己主導自己的行動。可是這一切彷彿都已注定、安排，一步接著一步，引著我們走到這個在劫難逃的禮拜三。

十年前，當村莊開始衰敗，眾人渴望重返榮景，或許還能團結起來重建家園。或許還能整理慘遭香蕉公司蹂躪的田地；清除叢生的雜草，一切從頭開始。可是，他們從那大堆的落葉身上學到不耐等待；不再相信過去或者未來。他們學到相信當下，滿足他們的飢渴。那一大堆落葉帶來一切，也帶走一切，只留下一座化為廢墟的村莊，那個寄託希望的禮拜天，馬康多爭吵不休的選舉，和最後一夜廣場上供應警察和守衛取用燒酒的四個細頸大酒瓶。

那一晚，狗崽成功安撫村民的不滿，今日，即使醫生的背叛依舊傷人，狗崽還是能帶著皮鞭，挨家挨戶逼大家埋葬他。狗崽以鐵律約束他們。就算他在四年前過世——在我生病的前一年，每個人依然狂熱地遵守紀律，一如他們從狗崽的果菜園摘花剪枝，帶去他墳前獻上敬意，熱情也一直未減。

只有醫生沒去參加神父的葬禮。也只有他正好因為村民對神父不可思議地百依百順而逃過一劫。在廣場上放置四個燒酒瓶的那一夜，一群武裝惡煞狠狠地蹂躪了馬康多；飽受驚嚇過後，村民把死者葬在公共墓穴，大概是有人想起了那個街角還有位醫生。於是他們抬著擔架到門前，對他大叫（因為他不開門，只從門內回應）；他們對他大叫：「醫生，救救傷患吧，其他醫生忙不過來。」而他回答：「把他們抬去其他地方，我對醫術一竅不通。」他們對他說：「我們就剩您一個醫生。請您大發慈悲心。」亂成一團的群眾想像他在客廳裡，半空的燈照亮他那雙嚴厲的黃眼睛，而他回答（還是沒開門）：「我把醫術全忘光了，把他們抬去其他地方吧。」他還是關著門（因為那扇門從沒打開），馬康多的男男女女在那扇門前垂死掙扎。那一晚，村民什麼事都幹得出來。他們打算放火燒那間屋子，把唯一住在屋內的人燒成灰燼。但狗崽就在這一刻出現了，據說他一直守在那裡，躲在暗處，以防大家毀掉屋子和殺害醫生，他們提到狗崽說的話：「任何人都別碰那扇門。」他們還說，他只說這句話，張開雙臂，村民燒紅的怒氣照亮了他那個牛骷髏頭般不帶情感的冰冷面孔。最後，他阻擋了眾人的激憤，移轉了這股怒氣，但是力量還是足以讓他們咆哮那句永生永世的詛咒，信誓旦旦禮拜三這一天一定降臨。

我走向床鋪，準備吩咐我的人手開門，我心想著：**他應該隨時會到**。然後又想，如果他五分鐘內沒到，我們就不等他的許可，直接把棺木抬到街上，這樣一來，他勢必得答應把死者葬在屋子對面。「坎道雷。」我對年紀最大的那個喊著，他還沒來得及抬起頭，村長的腳步聲已經從隔壁房間傳來。

我知道他會直接走向我，於是我拄著拐杖趕快轉過身，無奈生病的那條腿不靈光，我往前跌去，以為就要摔倒，臉孔直接撞上棺木邊，就在這一刻，我撞到他的手臂，便緊緊地抓住他，我聽見他用希望息事寧人的愚蠢語調說：「上校，請放心。我保證不會有事。」我相信確實如此，但他說這句話只不過是想突顯自己的分量。「我也認為不會有事。」我對他這麼說，腦子想的卻恰恰相反，接著他又提了一下墓園的木棉樹，最後發給我下葬許可書。我沒看，直接摺好放進背心口袋，然後對他說：「總之，該發生的還是會發生。就像年曆上的預測。」

村長走向瓜希拉工人。他命令他們釘上棺蓋，打開大門。我看著他們拿來一支鐵鎚和一盒釘子，永遠地抹去了這個男人的樣貌，三年前，我最後一次見到這個無依無靠、恍若無根浮萍的男人，他站在我的病榻前，頭頂和面容刻劃著早衰的痕跡。當時他剛將我從鬼門關前救回。有股力量告訴他我生病，把他帶來，讓他駐足在我的病榻前，並說：

「只有那條腿會有點不靈光。您恐怕從此之後都得依靠拐杖了。」

兩天過後，我不得不問他該怎麼報恩，而他回答：「上校，您不欠我什麼。但如果您願意，請幫我個忙，如果哪天我死了，替我撒上幾把土吧。我只需要這個，免得被黑美洲鷲吃得一乾二淨。」

從他要我許下的承諾，他的提議，他踩在房間地磚上的腳步聲，我發現，這個男人從許久以前就已經慢慢走向死亡，雖然他的死不乾脆，拖了三年才結束。那個日子就是今天。我甚至相信他根本不需要用到繩索。一陣微風就能吹熄他那雙嚴厲的黃眼睛殘存的最後一絲生命餘火。在他跟梅妹同居之前，我早就從我們那晚在小房間的對話，預見了所有這一切。因此，我一點也不驚訝我許下今天即將實現的承諾。我僅僅對他說：

「醫生，不用特意這麼請求。您知道我的為人，即使我沒欠您一條命，也會排除萬難埋葬您。」

他露出微笑，第一次，那雙嚴厲的黃眼睛流露平靜：

「上校，您說的都對。可是別忘記死人可沒辦法埋葬我。」

現在再也沒人能阻擋這件丟臉的事。村長已經把下葬許可交給爸爸，而爸爸說：「總之，該發生的還是會發生。就像年曆上的預測。」他說出這句話時，帶著一貫的冷漠，就像接受馬康多的命運，就像忠實守護祖傳衣箱，裡面存放著所有我出生前的祖宗的衣服。從許下那個承諾開始，一切走向下坡。繼母失去了活力，不再像往日堅毅和強勢，只剩下滿腹苦澀的憂傷。她似乎越來越疏遠，越來越憂鬱，不再抱著任何想望，這天下午，她坐在扶手旁時說：「我要留在這裡，灰心喪氣地等待最後的審判。」

爸爸不再強迫她。他只是站起來，準備實現那令人羞愧的承諾。他在這裡，相信一切將順利進行，不會有任何不堪後果，他看著瓜希拉工人開始行動，打開大門和釘棺木。我看著他們走過去，我站起來，牽著兒子的手，把椅子搬到窗邊，不希望全村的人從打開的門看到我。

兒子一臉茫然。當我站起來時，他看著我的臉，露出難以形容的表情，有一點不知所措。可是，現在他坐在我旁邊，一臉茫然地看著瓜希拉工人奮力拉開門環，流了滿身大汗。當那個生鏽的金屬環發出尖銳刺耳的哀號，大門終於完全打開。這一刻，我再一次看見街道，各家屋舍覆蓋著一層發亮、炙熱的白色灰塵，整座村莊多了一種哀傷的樣貌，彷彿破損的家具。這就像天主宣告馬康多已沒有存在的必要，把它趕到角落，那兒堆積著祂創造後放棄再看顧的村莊。

兒子應該被乍現的光線刺得睜不開眼（我感覺他的手在門打開那刻顫抖起來），他迅速抬起頭，聚精會神，問我：「聽見了嗎？」一直到這時，我才注意附近的一個院子裡傳來石鴴報時的聲音。「聽見了。」我說。「應該是三點了。」就在這一刻，響起鐵鎚敲打釘子的第一聲。

我試著別去聽那令我起雞皮疙瘩的痛苦聲音；我努力不讓兒子發現我的思緒紛亂，我轉過頭，看向窗外另外一個街區，幾棵覆蓋灰塵的哀淒杏樹，我們的屋子就矗立在那兒，再過去一點的盡頭。這種毀滅像是無形的風颳著，連我們家都被震得搖搖晃晃，默默走向開始倒塌的前夕。整個馬康多在香蕉公司的剝削過後就一直是這樣。房屋遭藤蔓侵入，街道上長出灌木林，牆壁崩裂，大白天也能在臥室裡看見蜥蜴。自從我們不再種植迷迭香和夜來香，自從一隻看不見的手把櫥櫃裡的耶誕節陶瓷弄得布滿裂痕，養肥了不再有人穿的衣服上面的蠹蟲，一切似乎崩壞。門鬆了，沒有人願意修理。爸爸自從摔跤之後，腳永遠跛了，動作無法再像從前那樣有力。蕾貝卡太太一直坐在電風扇旁，忍受孤寂、痛苦的守寡生活，忙著用任何引人反感的惡毒來填滿空虛。艾葛妲無法動彈，無法治癒的慢性病把她折磨得奄奄一息；而安赫神父的贖罪方式，似乎只剩下每天午覺時間品嘗老是讓他消化不良的肉丸子。唯一沒有改變的，只有聖赫羅尼莫雙胞胎姊妹的歌聲，和那位神秘的女乞丐，她彷彿沒有變老，二十年來每個禮拜二都會上門乞討一束檸檬香草。只有那輛覆蓋灰塵的黃色火車，即使不再載客，鳴笛聲仍然一天四次打破寧靜。到了夜晚，香蕉公司離開馬康多時留下的電廠發出隆隆聲。

我看著窗外的屋子，心想著繼母在那裡，動也不動地坐在椅子上，或許正想著，我們還沒回到家，那最後一道風就會吹走這座村莊。到那個時候，所有的人將會離開，除了我們以外吧，因為我們無法跟這片土地分離，因為有個房間堆滿衣箱，衣箱裡面還保存著祖父母輩的家具，也有我祖父母的，以及我的父母在逃離戰亂來到馬康多時，給馬匹使用的蚊帳。我們在這片土地灑滿遠去的死者的回憶，他們的骸骨早在地下二十噚深的地方灰飛煙滅。衣箱從戰爭即將結束時就一直擺在那裡；今天下午，當我們從葬禮返家，如果那道風還沒颳起，掃去馬康多、滿是蜥蜴的臥室，和遭回憶折磨而憂鬱的居民，東西還會一直在那邊。

突然間，外公站了起來，他拄著拐杖，伸長那小鳥似的頭張望，他的眼鏡牢牢地戴在臉上，彷佛五官的一部分。我想著我要戴好眼鏡很不容易。任何動作都可能讓眼鏡滑下耳朵。當我這麼想著時，我輕輕地敲敲鼻子。媽媽看著我，接著問：「痛嗎？」我說不痛，說我只是想著我戴不好眼鏡。她露出微笑，深深地吸口氣後，她對我說：「你應該全身溼透了。」她說的沒錯，我感覺貼著皮膚的衣服像是燒了起來，身上這件扣子完全扣上的厚重綠燈芯絨衣料，混合汗水黏在我的身體上，我覺得難受極了。「對。」我說。媽媽彎下身子，替我鬆開領結，替我給脖子搧風，她說：「待會兒回家，你可以洗個澡，休息一下。」「坎道雷。」我聽見……

就在這時，拿左輪手槍的男人再次從後面的門進來。他一到門口，就摘下帽子，小心翼翼地踏出步伐，像是怕吵醒屍體。可是，他這麼做是想要嚇外公，他一推，外公重心不穩，往前跌倒，即時抓住那個企圖推倒他的男人的手臂。床上的幾個工人已經停止抽菸，他們坐在那裡，像是屋脊上四隻排排站的烏鴉。拿手槍的男人進來後，那些烏鴉低下頭竊竊私語，其中一個站起來，走向桌邊，拿起一盒釘子和一支鐵鎚。

外公跟那個男人在棺木旁說話。那個男人說：「上校，請放心。我保證不會有事。」外公說：「我也認為不會有事。」那個男人說：「可以把他葬在外面，靠墓園左邊的土牆旁，那兒的木棉樹長得比較高大。」接著，他把一張紙交給外公說：「一切會順利進行。」外公一隻手拄著拐杖，一隻手拿起紙張，收進了背心的口袋，那裡面還有一個小小的四方形黃金鍊錶。接著，他說：「總之，該發生的還是會發生。就像年曆上的預測。」

那個男人說：「窗邊有幾個人，他們只是好奇。女人不管任何事都愛探頭探腦。」但是我想外公沒聽到他說這句話，因為他的目光正落在窗外的街道上。這時，那個男人走到床邊，一邊拿著帽子搧風，一邊對那幾個瓜希拉工人說：「現在可以釘了。打開大門，讓屋內通通風。」

那幾個瓜希拉工人開始幹活。其中一個拿起鐵鎚和釘子，俯身在棺木上，其他人走向門口。媽媽站了起來。她汗流浹背，臉色蒼白。她搬開椅子，牽起我的手，把我帶到旁邊，讓路給開門的工人。

一開始，他們想拉開門栓，可是拉不動，門栓像是跟生鏽的鐵環焊在一起。似乎有個人在外面的街道上用力頂住門。他們其中一人用力推門，敲打門板，木頭、生鏽的鉸鏈、年久緊黏的門鎖、層層相疊的鐵片，各種聲音在房間裡交織在一塊，最後大門終於打開，門框非常高大，兩個人疊高在一起都能通過；接著還有長長一聲木頭和鐵塊甦醒過來的嘎吱響。我們還來不及搞清楚狀況，明亮而充足的光線已經從背後照進房間，因為撐在那裡兩百年的門栓拉開了，陽光以兩百匹的馬力從背後傾瀉而入，在落地的一片混亂中捲去所有物品的陰影。那幾個工人的身影乍現，彷彿正午劃過的一道閃電，他們搖搖晃晃，像是想要站好，以免被亮光推倒。

大門打開後，村裡的某個角落開始響起一隻石鴴的鳴叫。現在我看見了街道。我看見了在光線中的熱燙灰塵。我看見對面人行道上有好幾個男人靠在那裡，他們雙臂環在胸前，盯著這個房間看。我又聽見石鴿鳴叫，於是對媽媽說：「聽見了嗎？」她說聽見了，還說應該是三點了。但是艾妲跟我說石鴿只在聞到死人氣味時才會鳴唱。正當我想把這件事跟媽媽說的時候，我聽見鐵鎚敲打在釘子上的第一聲巨響。那根鐵鎚敲了又敲，聲音占滿整個空間：只停頓一秒又接著再敲，連續六下，敲熱了木頭，將沉睡的木板從漫長和悲傷的哀鳴中喚醒，媽媽別過臉，看向另外一邊窗戶外面的街道。

釘完之後，好幾隻石鴿一起唱了起來。外公對他的人手打了個手勢。他們彎下腰，從一邊抬起棺木，角落那個戴帽子的男人對外公說：「上校，請放心。」外公轉過身，面向角落，他心神不寧，脖子腫脹發青，模樣就像鬥雞。但是他沒吭聲。於是角落的男人又開口。他說：「我想村裡已經沒人記得那件事。」

就在這一刻，我真的感覺肚子發抖。我心想，**現在我好想去那裡**；可是我知道時間已經太晚。工人最後再一次使力；他們從地面抬起釘好的棺木，那具棺木飄浮在明亮的半空中，彷彿抬去下葬的是一艘死去的大船。

我心想：**現在牠們聞到氣味了。現在所有的石鴴就要一起合唱。**

DOCE CUENTOS PEREGRINOS

異鄉客（暫名）

《異鄉客》是馬奎斯最膾炙人口的短篇小說集，相較於《百年孤寂》與《愛在瘟疫蔓延時》，本書更具魔幻寫實的魅力。書中收錄的 12 篇小說皆以流散歐洲的拉丁美洲人為主角，從中可窺見馬奎斯青年時期的旅歐足跡，並深刻感受他鄉異客的顛沛流離與懷鄉愁緒。從日內瓦、巴黎到馬德里，從鰥夫、精神病患到瀕死的妓女，馬奎斯以舉重若輕的筆法，將人世間的悲歡離合寫得靈動輕盈、充滿魔力。這本書也讓我們知道，馬奎斯不僅是一位實至名歸的諾貝爾文學獎得主，更是一位最會說故事的小說家。

2021年1月出版

國家圖書館出版品預行編目資料

枯枝敗葉 / 加布列．賈西亞．馬奎斯作；葉淑吟譯.
-- 初版. -- 臺北市：皇冠, 2020.07
面；公分. --(皇冠叢書；第4861種)(CLASSIC;107)
譯自：La hojarasca

ISBN 978-957-33-3552-8（平裝）

885.7357　　109008082

皇冠叢書第 4861 種
CLASSIC 107

枯枝敗葉

La hojarasca

作　　者—加布列．賈西亞．馬奎斯
譯　　者—葉淑吟
發 行 人—平雲
出版發行—皇冠文化出版有限公司
台北市敦化北路120巷50號
電話◎02-27168888
郵撥帳號◎15261516號
皇冠出版社(香港)有限公司
香港上環文咸東街50號寶恒商業中心
23樓2301-3室
電話◎2529-1778　傳真◎2527-0904
總 編 輯—許婷婷
責任編輯—蔡維鋼
美術設計—王瓊瑤
著作完成日期—1954年
初版一刷日期—2020年07月

法律顧問—王惠光律師

讀者服務傳真專線◎02-27150507
電腦編號◎044107
ISBN◎978-957-33-3552-8
Printed in Taiwan
本書定價◎新台幣320元/港幣107元